왜 행복해야 해?

왜 행복해야 해?

초판1쇄 인쇄 2019년 7월 15일
초판1쇄 발행 2019년 7월 22일

글 · 그림 | 이승석
펴낸이 | 임종관
펴낸곳 | 미래북
편   집 | 정광희
디자인 | 디자인 [연:우]
등록 | 제 302-2003-000026호
주소 | 서울특별시 용산구 효창원로64길 43-6 (효창동 4층)
마케팅 | 경기도 고양시 덕양구 화정로65 한화 오벨리스크 1901호
전화 02)738-1227(대) | 팩스 02)738-1228
이메일 miraebook@hotmail.com

ISBN 979-11-88794-25-6   03800

왜 행복해야 해?

글·그림 이승석

미래북
miraebook

저 자신이 누군지 알고 싶어서 글을 쓰기 시작했고 생
각이 깊어지는 만큼 자신에게 가까워지고 있다고 믿어
왔습니다. 하지만 생각이라는 것은 결국 제자리로 돌아
오는 과정의 반복이었습니다. '나는 누구지?'라는 질문
에 수도 없이 많은 답을 스스로 내려봐도 다시 부정하
고 '나는 누구지?', '왜 태어난 거지?'라는 질문으로 돌아
갔습니다. 그런 과정을 오랫동안 거친 후 남들과 똑같
이 '행복하려고 태어난 거야', '나는 행복해야 하는 사람
이야'라는 결론에 도달했습니다.

그런데 순간 '왜 행복해야 하는 거지?'라는 생각이 들었
습니다.

돈이 많으면, 꿈이 있으면, 좋은 배우자가 있으면 행복하다고 말하듯이 저는 행복이라는 것을 항상 조건 실현의 결과로 받아들였습니다. 하지만 행복이 존재의 결론이 아니라 과정일 수도 있다는 생각이 저의 사고과정을 멈추게 했습니다.

'왜 행복해야 하는 걸까….'

아직 많이 부족하지만 저는 그 질문에 대한 답을 저 나름대로 찾았습니다. 그 답을 찾게 된 과정을 독자 여러분들에게 보여드리고 싶었습니다. 이 책을 통해서 '왜 행복해야 하는 걸까?'라는 질문에 대해 독자 여러분들 각자의 답을 찾는 기회가 되었으면 하는 바람입니다.

차
례

작가의 말 • 4

Chapter1

왜
행복해야 하는 건데?

희생과 승화 둘 중 선택해야 한다면
난 존재를 선택할래

Chapter3

모두가 같은 의미를 다른 방식으로
찾아가는 중이니까

Chapter4

사랑을 해서 사랑이
남을 수 있는 사랑을 하려고

Chapter 1

왜 행복해야
하는 건데?

행복하고 싶었는데
이제는 내가 왜
행복해져야 하는지도 모르겠어.

@lee_ss_96

16

왜 행복해야 하는지 모르겠어

"넌 왜 살아?"

대다수의 사람은 이 질문에 '행복'이라는 답을 한다. 그리고 이어지는 질문은 "무엇을 할 때 행복해?"이다. 아마 사람들은 이 질문에 돈, 연애, 꿈 등 다양한 조건을 말할 것이다. 하지만 "왜 살아?"라는 질문에 대한 답은 정말 행복일까? 그 물음에서 생각이 꼬리를 물기 시작했다. '사람은 꼭 행복을 향해서 가야 할까? 행복이 최종 목적지일까? 불행까지는 아니어도 굳이 행복해야 할 필요가 있을까? 아니면 행복마저 삶의 이유를 찾는 과정이지 아닐까?' 이런 질문들이 머릿속을 덮었다. 생각을 조금 천천히 풀어가기 위해서 그 행복의 주체를 먼저 파악했다. 결국 '나'였고, 그러면서 다시 '나라는 존재는 누구일까?'라는 질문에서 시작해보기로 했다.

모든 답은 문제를 낸
사람이 아는 거야

그러니까 '나는 누구인가'라는
질문의 답도 내가 안다는 거지?

@lee_ss_96

모든 답은 내 안에 있는 거야

인생이라는 건 질문과 답의 연속이다. 간단한 주제에서부터 심오한 주제까지 우리는 끊임없이 질문하고 대답하며 살아간다. 사람들은 사실 어느 정도 대답을 정해놓고 질문하는 경우가 많다. 질문을 던지는 사람은 스스로 정한 답을 다른 사람의 의견을 통해서 보완한다. 그러므로 '나란 누구인가?'라는 질문에 대한 답은 스스로 이미 알고 있다는 것이 될 수 있다. 자신의 내면을 깊숙하게 파고드는 그 질문은 자신 말고는 아무도 답을 알지 못한다. 각자가 추구하는 가치관과 살아온 배경을 바탕으로 '나'라는 존재가 어느 정도 윤곽이 잡힌다. 하지만 살면서 접하는 다양하고 변칙적인 가능성 때문에 답을 내기 어려워진다. 그러므로 그 가능성에 무너지지 않는 자신을 찾는 것, 그게 아마 우리가 살아가는 이유이지 않을까?

'내가 누구지?'라는 질문을
헛구역질까지 해가면서 스스로에게 던졌어.
근데 결국 내가 토해낸 게 있기는 한 건가 싶어.
눈을 반쯤 뜨면 늪이었고,
감아야만 바다 비슷한 게 보였어.
그러면서도 '이게 다 무슨 소용이야!' 싶어
다시 제자리로 돌아왔어.
그때의 뒤돌아봄은
비정상으로부터 벗어남이 아니라
일종의 균형 유지였어.

@lee_ss_96

눈을 감아야지만 바다 비슷한 게 보여

'나란 누구인가?'

이 질문을 온종일 하기 시작했다. 살아온 배경, 주변 환경, 가치관 등 다양한 요소를 파악해가며 '나'라는 존재를 찾기 시작했다. 하지만 쉽게 답을 내지 못하고 계속 질문으로 되돌아갔다. 그러던 중 헛구역질을 하고 말았다. 그 순간 갑자기 '내가 왜 이러고 있지?'라는 생각이 들었다. '그냥 흘러가는 대로 살면 되지. 왜 이 고생까지 하면서 이래야 하는 거지?'라는 생각이 나를 더 허무하게 만들었다. 분명 가치 있다고 생각했던 질문이 스스로를 정신적으로 괴롭히고 있음을 느꼈기 때문이다. 하지만 가치 있는 것은 쉽게 얻어지는 것이 아니기에 이 헛구역질마저도 답을 향해 가는 과정이라고 믿었다. 그 질문에 답을 하기 위해서 정신적인 절실함과 육체적인 고통 사이에서 균형을 찾아가기 시작했다.

행복에 대한 자격지심이 있어

많은 사람이 최종 목적지로 '행복'을 말했다면 분명히 이유가 있을 것이라 생각했다. '행복幸福'의 정의는 편안함과 삶의 만족이다. 하지만 우리는 행복을 정의대로 받아들이기 어려워한다. 우리가 느끼는 행복은 단어의 정의가 아니라 어떠한 감정의 장면이기 때문이다. 우리는 분명히 행복을 느껴봤다. 삶은 장면들이 모여서 하나의 연극이 된다. 어쩌면 그 행복이라고 이름 붙여진 장면을 연극 전체로 만들고 싶어서 사람들은 삶의 목적을 행복이라고 말하는 것일지도 모른다. 즉, 그 순간의 감정을 지속적으로 느끼고 싶어서 행복을 바라면서 살아간다고 볼 수 있다. 하지만 그때의 그 감정을 기준으로 평상시에 느끼는 모든 감정을 비교하고 있는 건 아닐까? 사람들은 감정의 기준치라는 것이 생기면 채워지지 않을 때 절망하고, 채우게 되면 그게 또다시 기준점이 되어서 앞으로의 감정을 비교하기 시작한다. 그 과정 속에서 회의감을 느끼고 행복은 자신의 욕심이라고 생각하면서 체념하기도 한다.

애초에 행복을 느껴보지 않았으면
더 행복하고 싶다는 마음도
생기지 않았을 테고 그런 마음을
욕심이라고 생각하면서
감정에 대한 자격지심을
느끼지도 않았을 텐데….

@lee_ss_96

내가 느끼고 있는 요즘의 삶은 명사 같은 명사, 또다시 그 명사의 명사,
명사다운 명사, 또다시 그 명사보다 명사 딱 그 정도야. 그 이상으로 구분
하기 어렵고 그 이하로 설명하기에는 나의 삶이어서 자존심 상해.

@lee_ss_96

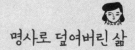
사람들은 구체적인 어떤 것을 손안에 쥐었을 때 자신의 삶이 만족스럽다고 느낀다. 더 좋은 차, 더 좋은 옷, 더 좋은 집 등등 더 좋은 어떤 명사를 가질 때 부끄럽지 않고 당당하다고 생각한다. 이제는 삶을 비유할 때도 그런 물건들이 등장해서 가치를 표현해준다. 구체적이고 손에 잡히는 것들이 우리의 삶을 덮어버렸다. 절대적인 기준들이 우리 삶의 큰 부분을 차지해버렸다. 이러한 환경에서 결국 '나'라는 것이 존재하기에 스스로 또한 더 좋은 어떤 명사를 쫓으면서 동시에 회의감을 느낀다. 위로하는, 감동을 주는, 도움을 주는 등의 동사나 형용사가 삶의 큰 부분을 차지하는 건 어려운 일인 걸까? 그렇게 된다면 조금 더 '나'라는 존재를 주관적으로 생각할 수 있지 않을까?

가까워지면
또 상처받을 텐데
괜찮겠어?

나도 몰랐는데
세상의 모든 것들에
이름을 붙이고 있더라.
모든 것들을 가까이 두고
싶어 하나 봐.
수많은 현상들로부터
소외당하고 싶지 않아서…

@lee_ss_96

소외되고 싶지 않아서 이름을 붙여

사람은 누군가 자신을 미워하거나 알아주지 않을 때 쉽게 우울함에 빠진다. 사람과의 거리 정도에 따라서 마음의 안정도가 결정되곤 한다. 우리는 모든 타인을 자신과 가깝게 두기 위해 노력하고 그때 자신의 존재가 채워진다고 생각한다. 더 나아가 다양한 상황에서 느끼는 감정마저 가깝게 두려고 노력한다. 그래서 기쁨, 슬픔, 우울함, 공허함 등 많은 감정에 쉽게 빠지곤 한다. 그리고 주변의 모든 것에서 자신과의 관련성을 조금이라도 찾기 위해 필사적으로 노력한다. 그런 과정에서 사람들은 가까이 두려고 하는 것들에게 이름을 붙이고 있는 자신을 발견한다. 그 모든 것이 곁에서 자신을 알아줬으면 하기 때문이다. 하지만 진짜 소외는 그때부터 시작된다. 가까워지기까지의 노력이 들었고 그 노력의 양만큼 자신 곁에 있어 주지 않으면 상처받기 시작하는 것이 사람이다. 존재, 감정, 생각 등의 모든 것은 완벽한 소유의 대상이 될 수 없다. 그것들은 그냥 존재할 뿐이기에 사람들은 상처받기를 반복한다.

사람과 사람이 만나서 관계를 맺는 게 맞지만
관계를 보면 사람이 아닌 섬과 섬들이 붙어 있으면서도
떨어져 있는 것 같아.

@lee.ss.96

관계는 사람들이 이루는데,
관계만 보면 섬들뿐이야

'관계'라는 건 나를 존재하게 한다고 생각했다. '너'가 있기에 '나'라는 게 불릴 수 있다는 믿음에 의존하기 시작했다. 그래서 사람을 만나서 이야기를 나누고 다음에 만날 약속을 잡으며 진심 비슷한 것들을 나누는 것을 반복했다. 하지만 어느 순간 '인간관계'를 전지적 시점으로 바라봤을 때, '나'와 '사람들'은 보이지 않고 떨어져 있는 섬들만 보이기 시작했다. 사람과 사람이 만나서 관계라는 걸 만드는데 왜 관계를 멀리서 바라보면 섬들만 보일까? 그 사람들과 나눈 대화는 정말 진심으로 가득 차 있었을까? 이런 생각이 머리를 복잡하게 했다. 깊게 생각해보면 관계 안에서 '나'는 없었다. 외로움으로부터 도망치기 위해서 관계 뒤에 숨어 모든 순간을 사람들로만 채우려고 했을 뿐이었다. 외로움으로부터 피할 수 있는 도피처를 찾기 위해서 사람을 방패로만 사용한 것 같은 느낌은 나 자신을 부끄럽게 만들었다.

상황에 굴복해서나 상황을 무마하기 위해서 우리는 너무도 많은 진심 어린 말을 내뱉고 책임 없이 그냥 자고 난 뒤 내일을 기다리고 있는지 몰라.

@lee_ss_96

책임 없이 진심 어린 말들을 내뱉고 있어

단 한 번이라도 진심 그 자체를 위한 진심을 말한 적이
있었을까? 우리는 너무도 많은 상황에 노출되어 있다.
긍정적인 상황이면 더 끌어당기려고 했지만 부정적인
상황이면 밀어내기 위해 본능적으로 반응했다. 하지만
그 부정적인 상황을 밀어내고자 할 때 해서는 안 될 행
동을 해버렸다. 상대방이 듣기에 만족할 만한 진심 어
린 말들을 얼른 꺼내버리고 책임 없이 그 상황을 벗어
나려고 했다. '네가 최고야', '넌 충분히 잘하고 있어',
'괜찮아 다 잘될 거야' 등의 진심이 담긴 말들을 너무도
의미 없이 뱉고 집에 가서 잠이 들었다. 사실 그 상황에
서 전해주고 싶은 진심은 없었다. '결국 남인데 어떤 말
이 와 닿을까?'라고 생각하며 그냥 상대방이 듣기 편한
말을 진심으로 포장해서 해주는 편이 낫다고 판단했을
뿐이었다.

기준 없이 절대적으로
좋은 사람이
될 거야.

그럴 수 없을 걸?
모든 사람은 '누군가의 누구'
그 이하 그 이상도 아니잖아.

@lee_ss_96

절대적으로 좋은 사람

모두가 나를 좋아해 줄 수는 없는 걸까? 어떠한 기준도 없이 좋은 사람이 되고 싶었다. 모두에게 긍정적인 영향을 주고 싶어서가 아니라 그냥 누군가에게도 상처받고 싶지 않아서였다. 모든 사람의 말을 다 잘 들어주고 내 선에서 최선의 위로를 해주었지만 그래도 나를 미워하는 사람은 필연적으로 생겼다. 솔직하게 상처받고 싶지 않아서 모두에게 잘했지만 그 행동 자체만을 보면 절대 의도된 선한 행동은 아니었다. 하지만 내가 생각하는 '나'와 남들이 생각하는 '나'는 달랐다. 내가 스스로를 좋은 사람으로 아무리 만들어도 그건 다시 타인에게 '누군가의 누구'로 다가갔고, 그 이상 그 이하로도 받아들여지지 않았다. 타인이 존재하는 한 '나'라는 존재는 언제나 상대적으로 받아들여질 수밖에 없었다.

내가 나의 작은 감정 하나하나를
소중하게 여겨야 하는데
이제는 그게 용기가 됐고,
두려움이 됐어.

@lee.ss.96

감정을 드러내는 게 용기가 됐어

인간관계라는 건 항상 나의 감정을 불안하게 만들었다. 상대방이 나를 어떻게 봐주는지에 따라서 나의 감정을 잘 선택해야 했다. 내가 선택한 감정이 분위기를 방해하지 않으면 나도 모르게 안도감이 들었다. 그렇게 선택된 그 감정을 솔직함으로 받아들였다. 그래야지만 웃을 수가 있었다. 하지만 그 분위기만을 위한 감정이었기에 항상 혼자가 되면 회의감과 공허함이 들었다. 타인도 결국 나와 다르지 않은 사람이라는 생각이 무섭게 다가왔다. 타인도 마찬가지로 나와의 관계에서 형성된 분위기를 방해하지 않기 위해서 많은 감정을 속이고 회의감을 느꼈을 것이다. 그럼 우리는 '나'도 아니고 '너'도 아닌 누구를 위해서 자신을 속였던 걸까?

그냥 상대방이 듣기 편한 말을
진심으로 포장해서 해주는 편이 낫다고
판단할 뿐이지.

나는 소중한 존재야.
그런데 그 생각마저 남들의 시선이
투영되어 있다는 걸 알고 있어.

@lee_ss_96

'소중所重하다'는 포괄적으로 '높고 무겁다'를 의미한다. 사람들은 보통 어떤 절망스러운 상황에 놓였을 때 그 상황에 빠지기에는 자신이 소중하다고 말한다. 그 절망과 자신을 비교했을 때 자신이 높고 무거운 존재라는 것이다. 그러면 그 절망스러운 상황은 누가 만든 것일까? 아마 사람들 간의 관계에서 생긴 저평가일 가능성이 크다. 그 저평가가 사람들에게 스스로의 소중함을 자각시켜주는 것이다. 그러면 결국 소중하다고 느끼는 감정은 나 자신이 느끼는 것이 아니라 남들의 평가와 비교로 만들어진 것이다. '나'라는 존재의 무게와 높이를 생각하는 것마저 타인의 시선이 투영되어 버린 것이다. '나'라는 존재의 바탕에 타인의 의견이 무의식적으로 들어가 있는 것은 아닐까? 그러면 상황과 환경에 무너지지 않을 수 있는 '나'라는 존재는 어디에 있는 걸까?

누군가의 겉모습과
나의 겉모습을 비교해야지,
그동안 타인의 외면과 나의 내면을 비교했어.

@lee_ss.96

비교하지 말라는 말이 아니야

비교 그 자체는 자신을 갉아먹는 행위가 아니다. 비교가 자신의 가치를 낮춘다고 생각하게 되는 건 결국 비교가 스스로에 대한 저평가만으로 끝나기 때문이다. 항상 우리는 건강한 비교를 할 줄 알아야 한다. 건강한 비교를 한다는 것은 비교를 통해서 정신적·육체적으로 아무 탈 없이 발전할 수 있는 자신을 확인한다는 것이다. 그러기 위해서는 우선 외면을 내면과 비교해서는 안 된다. 사람들은 보통 상대방의 외면이 자신보다 우월하다는 것을 느낄 때 그 외면을 자신의 내면과 무의식적으로 비교하기 시작한다. 비교를 통해서 자신의 장단점을 파악하여 발전할 수 있는 방향을 찾아가는 것이 건강한 모습이다. 하지만 외면과 내면을 비교하는 것은 발전의 가능성을 찾을 수 없고, 둘 중 누군가는 스스로를 갉아먹는 행위가 될 수밖에 없다.

이제는 나 자신을 사랑하고 싶어.
근데 정작 내가 누군지는 잘 모르겠어.
@lee_ss_96

나 자신을 사랑하고 싶은데
내가 누군지 모르겠어

사랑하는 방법을 확실하게 아는 사람이 있을까? 스스로에 대해 잘 알고 있는 사람이 있을까? 우리는 이 두 가지 질문에 대해 명확한 답을 내리지 못하는 상태에서 '나 자신을 사랑하세요'라는 말을 끊임없이 듣는다. 우리는 결국 사랑과 존재에 대한 무지의 상태를 버텨내지 못하고 수동적으로 주어지는 타인의 사랑에 의존하게 된다. 타인이 주는 사랑 안에 자신이 존재한다고 믿기 시작한다. 그렇게 '나'가 아닌 타인이라는 울타리 안에서 스스로 사랑을 확인해간다. 하지만 그 울타리가 사라진다면 상대방에게 포함되어 있던 '나'와 사랑은 증발해버리고 만다. 결국 또다시 무지의 상태로 돌아가고 또 다른 누군가의 존재를 기다리게 된다.

더 이상은 내 상처들을 증발시키지 말아줘.
증발될수록 시간의 흘러감에 체념하게 돼.

흘러감에 체념하고 있어

내 20대 초반은 상처들로 가득했다. 도전과 실패의 연속을 겪으면서 세상을 향한 두려움을 체감하게 되었다. 마치 무너지기 위해서 태어난 존재인 것처럼 끊임없이 주저앉았고 끝이 보이지 않는 터널을 걷고 있는 기분이었다. 하지만 어른들은 "청춘이어서 상처라도 느낄 수 있는 거야"라는 말을 너무도 당연하다는 듯이 뱉곤 했다. 그 한마디에 내 모든 상처가 증발해버리는 기분이 들었다. 아직 성취와 보람이 마음속에 자리 잡지 못하고 상처와 두려움만이 가득 차 있었는데 어른들은 그 슬픔마저 앗아가 버렸다. 그런 말을 들을 때마다 청춘이라는 시간에 대해 체념하기 시작했고, 행복이라는 건 점점 더 멀게 느껴졌다. 결국 그 어떤 것도 내 안에 남아 있지 않고 텅 비어버렸다는 기분이 나를 지배했다.

살아가기 위해서만 숨을 쉬고 싶어서
너무 많은 것들이 나를 누를 때 그냥 숨을 참아버려.
그러면 정말로 살아야 해서 숨을 쉬는 것 같거든.

©lee_ss_96

살아야 하니까 숨을 쉬어

나는 시간에 대한 강박증이 심해졌다. 조금이라도 낭비되는 시간이 눈에 보이면 허무함을 느꼈다. 남들보다 조금이라도 더 노력해야지 앞서갈 수 있다는 생각만이 나 자신을 가득 채웠다. 그렇게 시간을 보내고 목표를 이루고 나면 또다시 다른 목표를 향해서 몰두하기 시작했다. 문득 '결국 최종목표가 무엇일까?'라는 생각이 들었다. 나 자신에게 부끄럽지 않기 위해서 하루하루 바쁘게 지냈지만 정작 최종목표를 모르고 있었다. 최종목표도 모른 채 강박증이 심해질수록 잘 지낸다고 생각하면서 안도감을 느꼈다. 감정을 다루는 일을 하고 있기에 내가 느끼는 감정들은 항상 복잡했고, 그 감정을 구체화하는 과정에서 숨이 막히기 시작했다. 너무 심해질 때는 숨을 참는 버릇이 생기고 말았다. 너무도 많은 감정이 나를 누를 때 숨을 참았다. 숨을 참음으로써 생겨난 '생존해야겠다'는 본능이 그 복잡한 감정들을 잠시나마 지울 수 있게 해주었다.

하루 종일 노력해도 누구 하나
알아주지 않는 기분을 네가 알아?
그럴 거면 포기하라는 말을 들으면서
하루에 수십 번을 그만둘까 생각을 해도
내가 끝내면 진짜 끝이어서
끝자락이라도 붙잡고 하루를 견디는
내 마음을 네가 아냐고!

©lee_ss_96

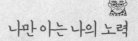

나만 아는 나의 노력

술에 너무 취한 하루였다. 하고 싶은 일을 하는 사람은 힘들다는 말을 쉽게 꺼내면 안 된다는 건 익히 알고 있었다. 결국 그건 능동적인 선택이었고 혼자 짊어지고 가야 할 짐이었기 때문이다. 하지만 그래도 힘들었다. 작가라는 꿈을 가지고 다양한 감정을 느끼기 위해서 너무도 많이 들이마신 사람들의 한숨 때문에 내가 뱉는 한숨은 항상 비틀어져 있었다. 감정의 끝까지 가면 '나'라는 걸 알 수 있을 것 같았기에 아무도 모르게 내적으로 고통을 느끼고 있었다. 술이 문제였다. 결국 술에 너무 취해서 그런 나의 고통을 남 탓으로 돌리듯이 말해 버렸다. 사실 사람들은 어떠한 잘못을 하지도 않았는데 내가 느끼는 감정이 너무 무거워서 사람들의 위로가 가볍다고 느꼈고 그런 마음을 표출하고 말았다. 결국 상대방에게 해서는 안 될 말을 하고 상처를 주었다. 술에 취하면 진짜 '나'가 나온다고 했기에 '정말 그 모습이 나였을까?'라는 생각도 해봤지만 그냥 나 자신에게 화가 난 것뿐이라고 생각하기로 했다.

결국 들리는 건 말뿐이야
그건 어쩔 수가 없나 봐

말 뒤에 가려진 진심을 볼 줄 알아야 한다고 들었다. 모두가 나를 위해서 조언해주는 거라고 했다. 하지만 그건 그 사람들의 생각일 뿐이었다. 그 사람들의 차가운 조언은 그들 자신을 만족시키기 위해서 나에게 한 말이었다. 내가 듣는 건 결국 그들의 날카로운 말이었고, 그 말들은 그대로 마음에 비수로 꽂혔다. 충분히 스스로 자책하고 있었기에 남들에게는 가식적이더라도 따뜻한 말을 듣고 싶었다. 나 자신을 충분히 저평가하고 있는 기분을 사람들은 알았을까? 나마저도 나를 궁지에 내밀고 있는 그 상태에서는 그냥 책임 없이 내뱉는 가벼운 응원 한 번에 위로받을 수밖에 없었다.

모두가 나 잘되라고 조언해주는 거
머리로는 알겠는데 마음은
가식적인 응원에 더 감동받는 것 같아.

@lee_ss_96

사실 사람 마음 다 똑같아.
남들이 자신을 몰라도 괜찮은데
그래도 알아주기는 바라는 거야,

@lee.ss.96

사실 사람 마음은 다 똑같아

SNS를 하다가 문득 '과연 저 사람들은 타인이 자신을 진심으로 알아주기를 바라는 걸까?'라는 생각이 들었다. 어떠한 일면식도 없이 온라인으로만 맺어진 관계는 진실된 존재를 공유하기에 한계가 있다. 존재를 공유한다는 것은 각자가 가진 내면의 알맹이를 드러낸다는 것이다. 하지만 온라인의 공간은 알맹이를 감싸고 있는 껍질을 시선에 가두는 작업만을 반복할 뿐이다. 가까워지면 상처받기에 먼 상태에서 자신의 껍질을 인정받기 위해 소통을 이어간다. 이러한 경향은 오프라인 상황에서도 마찬가지다. 스스로가 쳐 놓은 울타리는 울타리 안쪽의 알맹이를 침범하지 말라는 신호이기도 하면서 울타리 바깥쪽의 껍질을 알아봐달라는 표시이기도 하다.

내가 힘들 때 왜 나보다 힘든 사람들을
상상하면서까지 참아야 해.

@lee.ss.96

슬픔마저 비교하지는 말자

가끔 사람들은 누가 더 힘들었는지를 경쟁하고 있는 것처럼 보인다. 우리는 자신의 기준에 따라서 슬픔을 느끼는 법이다. 기준 이상의 슬픔과 고통을 느끼는 건 불가능하다. 하지만 자신의 힘든 상황을 말할 때 "그것보다 힘든 사람이 얼마나 많은데 괜찮은 정도네"라는 말을 듣는 경우가 있다. 알지도 못하는 사람들이 가진 슬픔의 크기를 상상해서 자신의 상황을 이겨내야 하는 걸까? 사실 사람들은 상황을 이겨내고 싶어서 슬픔을 토로하는 게 아니다. 그냥 진심 어린 공감 한 번에 숨통이 트이기에 자신의 슬픔을 말하는 것이다. 하지만 사람들은 슬픔마저 비교하며 더 작은 크기의 슬픔은 아무것도 아니라는 듯이 말해버리곤 한다.

뭐가 그렇게 우울하냐고 말하는 것도 사람이고,
그래서 행복해지려고 노력하면
뭐가 그렇게 행복하냐고 말하는 것도 사람이더라.
그게 사람인가 봐.

@lee.ss.96

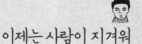

"뭐가 그렇게 진지해?"

"뭐가 그렇게 신났어?"

이 질문을 하는 사람들은 무슨 답을 원하는 걸까? 그냥 나대는 것 같아 보여서 신경이 거슬렸던 걸까? 어떤 감정의 농도를 원하고 있는지 몰랐다. 타인의 감정 기준에 맞추려고 노력했던 내가 한심했다. 행복과 우울함이 무엇인지도 정확히 모르는데 사람을 만나면 크게 행복해서도, 크게 우울해서도 안 됐다. 어떤 자리를 가더라도 직접 말로 듣지는 않았어도 나를 거슬려 하는 눈빛이 보이기 시작했다. 그냥 자신이 느끼는 솔직한 감정만으로는 사람과 관계를 맺기가 어려운 걸까? 내 우울함과 행복을 조금씩 가져가 달라고 한 것도 아닌데, 이러면 또 내 존재 자체가 잘못된 것이라는 생각을 멈출 수 없었다.

왜 하고 싶은 일을 하는 사람은
힘들다는 말을 해선 안 되는 걸까.

가끔 '이렇게 살려고
내가 지금까지 살아왔나?' 하는 생각이 들어.
나라는 존재를 설명해줄 수 있는
문장 하나 찾지 못했으면서
얼마나 많은 사람들을 구별하고 평가했을까?
내 존재는 너무도 가볍게만 느껴지고
공허함만이 무겁게 느껴져.

@lee_ss_96

60

나조차 문장이 되지 못했는데

'저는 어떤 사람입니다.'

이렇게 당당히 나 자신을 한 문장으로 말할 수 있는 사람이 과연 몇이나 될까? 아마 대부분이 머뭇거리면서 추측성의 표현인 '이런 것 같은 사람'으로 자신을 설명할 것이다. 사람들은 그렇게 자기 자신을 당당하게 말하지 못하면서 타인을 보고 '저 사람은 어떤 사람입니다'라는 말은 너무도 쉽게 내뱉는다. 나 자신을 알지도 못하면서 타인을 향한 수많은 비교와 평가를 하고, 평가 주체들과 공감대를 만들며 안도감을 느끼는 게 사람이다. 그러면 결국 사람들은 '누군가를 평가하는 사람입니다'라고 자신을 설명할 수밖에 없다. 하지만 누구 하나도 자신을 이런 문장으로 설명하는 사람은 없다. 자신의 존재에 대한 무지는 '타인도 마찬가지로 스스로를 알지 못하고 있다'라는 것을 인지할 수 있는 앎으로 이어져야 한다. 그것을 인지했을 때, 적어도 우리는 나 자신을 '저는 타인도 스스로를 정확히 알지 못한다는 것을 알고 있는 사람입니다'라고 말할 수 있다.

할 말이 없다고 해서
하고 싶은 말이 없는 건 아니야.
그러니까 나를 자세히 바라봐줘.

@lee_ss_96

할 말이 없다고 말했다. 말을 할 수 없게 만들었으니 나는 당연히 할 말이 없었다. 존재와 행복에 대하여 내가 가진 생각들은 "네가 아직 어려서 그래"라는 말로 압살 당했다. 그들은 나의 생각이 궁금해서가 아니라 자신들이 살아온 인생이 틀리지 않았다는 걸 확신하기 위해 물어보고 있었다는 걸 알아야 했다. '그 어른들이 내 나이대의 자신의 모습을 생각했다면 조금은 유연하게 나를 대하지 않았을까?'라는 생각이 들기도 했다. 우리 모두는 각자 경험한 만큼 생각을 표현한다. 하지만 어떤 어른들은 시간을 조금 더 지나쳐왔다는 이유 하나만으로 나이가 어린 상대방을 자세히 바라보지 않는다. 어린 우리를 자신들이 걸어온 길의 일부라고만 생각한다. 그러면 우리는 당연히 말을 잃을 수밖에 없다.

사람한테 감동받고
사람한테 상처받는 거지.
그래서 사람을 피하기 시작했어.
상처를 용서해줄 만큼
성숙하지는 않은 것 같아.

사람을 용서하는 게 아니라
멀어지다 가까워지기까지,
가까워지다 멀어지기까지의
시간에 담긴 용기를 존중하는 거지.

@lee_ss_96

시간의 용기를 존중하는 거야

사람을 용서해주는 방법은 거리의 시간을 존중하는 것
이다. 친했던 누군가와도 말 한마디로 인해 멀어지고
서로 미워하는 감정이 생기는 경우가 많다. 하지만 시
간이 지나고 나면 그때 그 순간 감정적으로 흥분한 상
태였다는 것을 서로 알 수 있다. '있었던 일'을 '없었던
일'로 만드는 것이 용서라고 생각하면 그 관계는 회복
되기 쉽지 않다. 그래서 용서를 '나와 가까웠던 사람이
나를 떠나가기까지 수없이 고민했던 그 시간을 존중해
주는 것'으로 받아들일 필요가 있다. 반대로 나와 멀어
졌다가 다시 돌아오면 돌아오기까지의 수많은 생각이
담겨있는 그 시간의 용기를 존중해주는 것이다. 그러면
결코 용서라는 것은 어렵지 않다.

나태에 이유를 달고 있었어

우리 모두 각자가 그리워하는 순간이 있다. 아마 그 순간은 각자의 '나다움'이 담겨있었던 시간이라고 생각한다. 아니면 그 순간이 '나다움'을 만들어 가던 시기였다고 생각한다. 그리움의 대상이 되는 순간은 나 자신을 이기기 위해 치열하게 노력하던 때가 많다. 사람들은 보통 '그때는 힘들었지만 지나고 나면 그 시간이 좋았다'고 말한다. 사람들은 그런 말을 하면서 현재에 대해 회의감을 느끼곤 한다. 그건 지금의 자신이 그때만큼 열정적으로 지내지 못하고 나태에 빠져서 방황하고 있다는 말일 수 있다. '나다움'이라는 것은 나태와는 반대이며, 열정과 몰입에 조금 더 가까울 수 있다고 생각한다. 지금의 휴식에 너무도 많은 변명을 대고 있다면 그건 나태에 가까울 수 있다. 그리고 그 나태를 느끼고 있다는 것은 '나다움'과는 멀어지고 있는 중이라고 볼 수 있다.

생각만으로 자신을 되새기는 것과
이렇게 직접 보면서 느끼는 건 많이 다른 것 같아.
내가 어떤 자세로 하루하루를 보내는지
정확하지는 않지만 눈치챌 수 있을 정도로
곳곳에 스며들어 있어. 눈빛이나
입꼬리나 어깨선이나 이런 부분들에….

@lee_ss_96

안 보이는 것도 결국 보이는 법이야

하루를 지내는 자세는 아무리 속이려고 해도 몸 곳곳에
스며들어 있다. 어떤 생각을 가지고 어떤 의지로 달려
가고 있는지 사람들은 모를 거라고 생각하지만 사실 다
알고 있다. "눈빛만 봐도 의지가 있는지 없는지 다 알
아"라는 이 말이 괜히 있는 게 아니다. 정말 진심으로 나
자신에게 닿으려고 노력한다면 그건 내면의 성숙으로
만 이어지지 않고 반드시 외적으로 나타난다. 내면의
단단함이 외적으로 들어나는 사람의 말이 가볍지 않다
는 걸 느낄 수 있다. 보이지 않는 것들도 결국에는 보이
는 법이다. 자신이 보내는 하루하루는 결국 '나'를 찾아
가는 노력이기 때문에 내면의 풍요는 외면의 당당함으
로 나올 수밖에 없다.

내키지 않는 감정들을 미뤄내면서까지
행복을 발견하려 하지 마.
너 요즘 겨우 버틸 만한 상황들 속에서
만족하고 싶어 자꾸 행복하다고 하잖아.

나 진짜 행복해.
나 행복한 거 맞겠지?

©lee_ss_96

70

미뤄내면서 행복을 찾는다면
그건 행복이 아니야

사실 스스로 느끼기에도 행복이라는 것이 불확실해서 말로 뱉으면서 동의를 구하고 싶었다. 조금이라도 행복 비슷한 걸 느끼면 주저 없이 행복하다고 말했다. 나는 정말 행복해서 그렇게 행복하다고 말을 했던 걸까? 사실 행복이라고 불리는 그 감정을 현재의 장면으로 끌어오고 싶어서 끊임없이 말로 뱉었다. 하지만 다시 생각해보니 불쾌하다고 느끼는 것을 미뤄내면서 발견하게 되는 것을 행복이라 부르고 있었다. '행복이란 것은 무엇일까?'라는 생각으로 행복을 찾아보려고 노력하지 않았다. 그냥 내가 섞이지 못하는 것을 다 미뤄내고 남은 것을 억지로 행복이라고 불렀다. 그러다 보니 내가 뱉는 '행복'이라는 건 느끼기 어렵지 않았다. 싫어하는 가능성을 미뤄내기만 하면 끝이었기 때문이다. 나는 그저 텅 빈 감정을 모아서 이름만 행복이라 부르고 있을 뿐이었다.

사실 우리는 불행보다
어설픈 행복에 훨씬 큰 감정을
소비하고 있는지도 몰라.

@lee.ss.96

우리는 불행에 즉각적으로 반응한다. 불행에는 '나'라는 것이 존재하면 안 된다는 것을 본능적으로 인지한다. 하지만 문제는 어설픈 행복이다. 긍정적인 분위기 안에 자신이 담겨있다는 것을 느낄 때 분명히 웃고 있지만 속으로는 의심을 반복한다. '정말로 이 분위기 안에 있는 나는 즐거운 걸까?' 머리로는 행복을 느낄 수 있지만 자신이 섞이고 있지 못하기 때문에 많은 감정을 소비하기 시작한다. 행복은 그렇게 많은 것을 소비하면서 얻어지는 게 아니다. 행복은 상황 속에서 다양한 감정을 자신으로 채우면서 느끼는 것이다. 어설픔 속에서는 의심 끝에 공허와 허무를 느낄 가능성이 크다. 그래서 우리는 살아가면서 불행보다 어설픈 행복에 대해 더 본능적으로 반응해야 한다. 그 노력 끝에 '나'라는 것을 채울 수 있다.

가끔 우리가 생각하는 행복은 노력과는 다른 부류인 것 같아.
눈을 감았을 때 보이는 것들이 눈을 떴을 때도 있기를 바라는데,
그건 노력보다 마법에 가까워 보여.

@lee_ss_96

우리가 생각하는 행복은 다른 것 같아

우리는 '행복'이라고 느끼는 장면을 노력없이 끌어오려고 하는 것 같다. 자고 나서 다음 날 눈을 뜨면 우연적으로 그 장면이 눈앞에 펼쳐지기를 기대한다. 아니면 어떤 노력이 필요한지를 모르는 걸까? 행복이라고 느꼈던 그 장면만 기억하고 그 장면을 얻기까지의 가능성은 기억하지 못하고 있다. 사실 그때의 그 행복이 담겨있던 장면은 시각적인 이미지에 불과하고 그 장면까지 가는 노력 안에 '내'가 존재했을 수 있다. 그래서 우리는 우연적인 행복을 기대해서는 안 된다. 우리를 둘러싼 상황을 인지하고 행복으로 이끌었던 가능성을 끌어와야 한다. 그건 필사적인 노력이 필요하다. 절대 잊지 말아야 할 것은 '나'라는 건 쉽게 얻어지는 마법 같은 것이 아니라는 것이다.

Chapter 2

희생과 승화 둘 중
선택해야 한다면
난 존재를 선택할래

나는 있는 그대로 담을래

우리는 '나' 자신을 알기 위해서 너무도 많은 희생과 승화의 과정을 겪고 있는 것 같다. '나'는 현재 안에 존재하는데 더 나은 미래를 위해서 필요 이상의 노력과 고통을 감수하기도 한다. 하지만 그런 과정을 아름다움이라고 부를 수는 없다. 아름다움은 현재 지금의 '나'를 찾아내는 것이기 때문이다. 자신을 내적으로 깊게 파고드는 생각들을 통해서 그 과정 그대로를 자신으로 담아내는 것, 이를 존재라고 믿는다. 결국 희생과 승화는 지금의 '나'를 없애고 또 다른 '나'를 기대하는 것이다. '나'를 지우면서 '나'를 얻는 것은 역설적으로 받아들여질 수도 있다. 하지만 지금의 '내' 안의 부족한 면과 단단한 면을 조화시켜서 현재의 '나'로 받아들이는 과정을 가치 있는 고통이라 생각하고, 그런 고통을 있는 그대로 담는 것이 진정한 아름다움이라고 생각한다.

승화와 희생 중 하나만을 선택해야 한다면
난 그냥 있는 그대로를 담을래.
더 아름다워지기 위한 방법으로
없어짐을 당연하게 받아들이고 싶지 않아.

@lee_ss_96

허기가 진다고 해도 잘 선택해야 해

요새는 '내' 안이 텅 비어있다는 생각을 많이 한다. 생각과 감정이 넘쳐흘러도 그 상태를 '나'로 연결하지 못하는 기분이 들었다. 그래서 밖에 존재하는 많은 생각과 감정을 들이마시기 시작했다. 외부의 것들이 '나'일 수도 있다는 생각으로 모든 것을 그대로 흡수하기 시작했다. 사실 그냥 허기가 졌다. '나'에 가까워지려고 노력할수록 원점으로 돌아가는 자신이 미워서 그 과정을 잠시 멈추고 싶다는 게 허기짐으로 이어지고 말았다. 삼켰던 많은 것은 진짜 '내'가 아니었기에 내뱉는 말에는 '내'가 없었다. 결국 많은 것을 삼켰음에도 불구하고 내뱉는 말들은 무겁지 않았다. 처음부터 고민이 되거나 의심이 들수록 '나'에 가까운 것을 흡수하고 받아들여야 했다.

요새는 생각과 감정이 많아도
계속 허기가 져.
그렇다고 내뱉는 말이
무겁지도 않아.

@lee_ss_96

어떠한 상태로 여전하다고 해서
그 상태가 나에게 마땅한 게 아냐.
어떠한 가능성도 자격이나 의무가 되어선 안 돼.
@lee.ss.96

여전하다고 해서 마땅한 게 아니야

우리는 모두 다양한 가능성에 노출되어 있으며 그 안에서 판단하고 행동한다. 수많은 가능성에서 움직이다 보면 어떤 하나의 가능성에 고정될 수 있다. 자신의 생각과 감정이 그쪽 방향으로 이끌리는 경향이 높을 때 그럴 경우가 많다. 하지만 고정이 되더라도 '여전함'을 '마땅함'으로 인식하면 안 된다. '나'라는 존재를 고정된 상태로 놔두면 결국 얻어지는 것은 서서히 무뎌지는 것뿐이다. 항상 모든 가능성 사이에서 고찰하고 또 다른 가능성을 주체적으로 만들어낼 줄 알아야 한다. '있는 그대로'의 의미는 박제된 자신의 모습이 아니라 변화 중인 자신의 모습 그 자체이다.

"진짜로 행복한 거 맞아?"
이 말을 들었는데 '아무것도 아닌 일에
내가 과민반응한 건 아닌가?' 라는
생각이 들더라.

그냥 마음속에 51% 정도 행복이 있고
49% 불행이 있을 때, 1%를 믿고
행복을 느끼는 거지.
네가 잘한 거야.

@lee_ss_96

51% 행복하다고 느끼면 행복한 거야

'진짜로'라는 단어를 붙이며 감정에 대해 질문하는 경우가 있다. '너 진짜로 행복해?', '너 진짜로 슬퍼?' 이러한 질문은 감정에 대한 의심을 하게 만든다. 그 질문들은 오로지 100%의 감정만을 진정한 감정이라고 본다. 하지만 '나' 자신도 불확실한 존재에 불과한데 감정이 완전히 가득 찬 상태일 수는 없다. 우리는 51%의 어떤 감정을 느끼면 그 감정 그대로를 인정할 줄 알아야 한다. 수많은 상황 속에서 순간순간마다 변화되고 있는 게 나 자신이다. 그렇기에 우리는 변화되는 과정 속에서 51%를 차지하는 감정을 확인하고 받아들일 수 있어야 한다. 그것이 감정을 솔직하게 표현하는 방법이고 있는 그대로의 자신을 구체화해가는 과정이다.

구길 때는 순서가 없더라도
펼 때는 순서가 있어.
그래서 조심하고 조심하면서
내려가는 중이야.

왜 이렇게
열심히 내려가?

@lee_ss_96

열심히 내려가고 있는 중이야

현재의 '나'를 이해하기 위해서는 지금까지 '나'를 만든 과정을 다시 펼쳐볼 필요가 있다. 우리는 어떤 장면은 기억하지만 그 장면이 만들어지기까지의 순서는 잘 기억하지 못하기 때문이다. 인생에서 순서라는 건 장면이 만들어지고 나서 생기는 것이다. 결국 지금까지의 '나'는 어느 정도의 순서에 맞춰서 만들어진 것이다. 앞으로 펼쳐질 수많은 변화와 환경 속에서 '나'를 찾기 위해서는 지금까지의 그 순서를 다시 한번 살펴볼 필요가 있다. 현재의 '나'를 만든 다양한 과정을 종합적으로 판단하여 어떤 과정에서 '행복'을 느꼈고, 어떤 과정에서 가장 '나'다웠는지 확인할 필요가 있다. 만들어지는 과정에서 순서는 없었을 수 있지만 만들어지고 나서 되돌아 볼 때는 순서가 있기 때문에 우리는 조심스럽게 최선을 다해서 펼쳐볼 필요가 있다.

'나'라는 존재는 너무도 많은 것들이
복합적으로 섞여 있는 것 같아.
그래서 사소한 부분의 삐걱거림도
존재에 대한 괴리감으로 이어지게 되나 봐.

@lee_ss_96

괴리감의 쓸모

현재의 '나'는 매우 복합적으로 구성되어 있다. '나'라는 집합체를 이루기 위해서 많은 부분이 존재한다. 그 부분들 하나하나에 의미가 있고 필요성을 가진다. 하지만 많은 사람은 어떤 부분이 조금이라도 삐걱거리면 너무도 쉽게 버리는 경향이 있다. 자신이 편안함을 느끼는 방향으로만 자신을 구성하려고 하기 때문이다. 하지만 그 편안함은 일시적인 기분일 가능성이 높다. 우리는 그 일시적인 것을 위해서 버림을 습관처럼 반복한다. 자신 안의 부조화를 느끼고 한 번이라도 괴리감에 빠져 회의감을 느껴보는 것이 중요하다. 나답지 않다고 생각하는 부분을 발견했을 때 왜 그렇게 느꼈는지 생각하는 과정에서 또 다른 '나'를 찾을 수 있다. 그때 자신이 아니라고 생각한 부분을 보내줄 수 있다. 보내주는 건 그 부분이 존재했다는 것의 가치를 어느 정도 인정해주고 작별하는 것이다. 우리는 항상 자신 안의 부분을 버리지 말고 보내줘야 한다. 보내줌으로써 얻는 것이 반드시 있을 것이다.

우리는 모두 다양한 가능성에 노출되어 있고,
그 안에서 판단하고 행동한다.

사라짐에 대한 상심과 존재의 반복

자신의 부분을 버리지 않고 보내줬다면, 그 부분은 자신의 전부가 아니었다는 것을 알 수 있다. 물론 부분이 사라졌기에 상실에 대한 깊은 상심이 들 수 있다. 하지만 결국 그 부분들이란 '나'라는 전체를 설명하는 요소에 불과한 것이다. 자신의 그릇이 달라졌기에 그 부분이 더 이상 자신을 대표할 수 없게 된다. 또는 더 성숙해진 자신을 발견하고 원래 맞지 않았던 부분이라는 것을 자각한 것이다. 존재라는 것은 보내줌과 상심의 반복 속에서 얻게 되는 가치이다. 자신은 그 과정을 주도적으로 선택하며 존재하면 되는 것이다. 그렇게 반복하다 보면 어느 순간, 부분과 전체를 구분하지 않아도 자연스럽게 나 자신을 받아들일 수 있다. 그때 우리는 이것이 진정한 '나' 자신이라는 것을 느끼고 현재의 있는 그대로를 받아들이면 되는 것이다.

내가 해주고 싶은 말은 이거야.
어떤 것도 너의 전부가 아니야.
모든 건 너라는 사람을
설명해줄 수 있는 부분에 불과해.
그러니까 혹시라도
그 부분들이 사라져도 너무 상심하지 마.
그 부분은 더 이상
너를 설명하기에 부족한 게 돼버린 거야.
너는 그냥 존재하면 돼.
보내주고 받아들이고
또다시 보내주고 그러면 돼.

@lee_ss_96

93

죽어오면서, 태어나면서 여기까지 온 거야

과거는 죽은 시간이다. 현재는 태어나는 시간이다. 미래는 아직 오지 않은 이름뿐인 시간이다. 그 시간의 개념 안에서 우리는 살아간다. 지나간 과거에 너무도 많은 이유를 붙여가며 미화의 과정을 겪기 시작하면 죽은 시간 안에서 살아갈 수밖에 없다. 오지 않은 시간에 너무 많은 걱정과 기대를 한다면 우리의 존재는 뜬구름이 될 뿐이다. 그래서 항상 계속해서 태어나고 있는 현재의 자신에게 집중해야 한다. 그 태어남의 이유가 조금 부질없어 보일 수도 있다. 하지만 어찌할 방법은 없다. 그 이유로 현재의 자신이 존재하고 있다는 사실을 바꿀 수는 없기 때문이다.

수도 없이 죽어왔지.
그래도 그만큼
다시 태어나면서 왔지.

우리는 살면서
몇 번이나 죽어왔을까?

@lee_ss_96

95

결핍과 욕심

존재와 감정은 수량으로 표현될 수 없다. 정도의 차이를 나타내는 표현은 객관적인 사실에 대한 주관적인 평가일 뿐이다. 물이 가득 차 있는 컵을 보더라도 완전히 채워지지 않았다면 부족하다고 볼 수 있는 것이 수량에 대한 평가이다. 결핍이라는 건 절대 독자적으로 정의될 수 없다. 어떠한 현상을 바라볼 때 욕심의 색안경이 적용될 때 일어나게 되는 것이 결핍이다. 사람들은 이러한 욕심과 결핍을 존재에도 대입시키려고 하기 때문에 진정한 자신의 가치를 발견하지 못하고 있다. 욕심만을 가지고 존재를 바라본다면 우리의 존재는 항상 부족해 보일 수밖에 없다.

결핍과 욕심은 어쩌면 같은 말일지도 몰라.
욕심은 이상적인 허구의 존재를
자신으로 보게 만들고
현실을 지시하는 순간
실존의 자신은 결핍으로만 느껴져.

@lee_ss_96

우리 사유는 조금 오그라들더라도 거리낌 없이
자신의 중심에 가까운 이야기를 할 줄 알아야 해.
그게 스스로를 사랑하는 첫 번째 단계이니까.

@lee_ss_96

오그라들더라도 유연해져야 해
그게 자신을 사랑하는 첫 단계이니까

애완동물을 키우는 사람들은 가끔씩 자신의 진짜 속마음을 동물에게 털어놓을 때가 있다. 의사소통도 되지 않지만 그냥 자신의 말을 들어주고 있다고 믿는다. 사실 그렇게 털어놓는 이야기는 자신에게 해주고 싶은 말인 경우가 많다. 스스로를 사랑하는 첫 번째 단계는 너무도 간단하다. 하루 동안 자신이 가장 많이 하는 생각을 거리낌 없이 말할 수 있는 자신감을 가지는 것이다. 반드시 누군가와 생각을 공유하라는 말이 아니다. 다만 공유할 기회가 왔을 때 당당하게 자신의 중심에 가까운 이야기를 표현하는 것에 유연해질 용기가 필요하다는 것이다.

흐트러짐 안에도 나 자신을 담을 줄 알아야 해.
내가 싫어하는 것들 속에서 나를 빼내는 것에만
익숙해지면 솔직해지다 결국 나 자신을 잃을 수 있어.
@lee_ss_96

솔직해지다가 자신을 잃을 수 있어

항상 '나'라는 것을 포섭할 줄 아는 자신이 되어야 한다. 내 안의 어떠한 부분은 보내줄 수 있다. 어떠한 부분이 더 이상 '나'를 표현해줄 수 없는 것이 되었음을 인정하며 보내주고 다시 다른 것으로 채우면 된다. 하지만 전체의 '나'를 제외시키면 안 된다. 어떤 상황은 스스로에게 흐트러짐을 줄 수 있다. 그 순간, 그 흐트러짐을 느끼는 어떠한 부분을 고찰하여 자신 안에서 보내줘야 할지 아니면 다시 한번 품어야 할지를 고민해야 한다. 그 흐트러짐 자체에서 전체의 '나'를 제외시키면 안 된다. 자신의 감정에 솔직하다고만 해서 나다워지는 것이 아니다. 어떠한 상황도 자신과 완전히 일치할 수는 없다. 일치하지 않는 부분에 대하여 생각하되, 자신 전체를 제외시키는 행위를 해서는 안 된다. 제외시키는 과정을 반복하다 보면 솔직해지다가 자신의 부분들을 담을 그릇 자체를 잃어버릴 수 있다.

네가 그렇게 느꼈으면 그런 거야.
너무 많은 것들을 이해하고 넘기려 하지 마.
이해하지 못한다고
네가 잘못한 것은 하나도 없으니까.

@lee_ss_96

이해하지 못한다고 잘못한 게 아니야

우리 모두는 각자 살아온 배경이 다르다. 그래서 유사
할 수는 있어도 일치하는 사람은 없다. 사람을 만날 때
자신이 살아온 경험을 바탕으로 대화하고 그렇게 관계
는 시작된다. 결국 차이점이 많은 환경 둘이 만나는 것
이 인간관계다. 하지만 우리 모두 '사람'이라는 이유 하
나로 너무도 많은 것을 보편적인 이해의 범주로 바라보
는 경향이 있다. 스스로 이해하지 못할 경우 이해하지
못한 것을 잘못으로 취급하는 경우도 있다. 인간관계에
서 자신이 그렇게 느꼈으면 그냥 그런 것이다. 이유는
자신이 붙이면 되고 그게 자신과 제일 가까운 대답이
다. 우리 모두는 각자의 대답 사이에서 격차를 줄여나
가면서 서로 달랐던 환경을 이해하기 위해 노력하면 된
다. 처음부터 이해하지 못한다고 자책할 이유도 미안해
할 필요도 없다. 절대 그 누구도 틀린 사람은 없다. 자라
온 환경이 다를 뿐이다. 그리고 다양한 배경이 만나 새
로운 '나'를 그리면서 성장하고 단단해지면 된다.

생각을 확대하지 않는 건 너무도 어려워

'이게 다가 아니야.'

우리는 정확한 이유도 모른 채 이 말을 받아들이며 살아왔다. 항상 이것을 보더라도 그 너머의 저것을 생각해야 했다. 그게 삶을 살아가는 지혜라고 배웠다. 하지만 자신 스스로가 그 너머에 존재하고 있지 않다는 건 모두가 알고 있는 사실이다. 무엇이 두려워서 그런 말을 듣고 수긍했던 걸까? 사람들은 감정을 통해서 자신의 존재를 그려내는 경향이 있다. 감각으로 느끼고 감정으로 받아들이면 그게 자기 자신이라고 인지하기 시작한다. 하나의 장면을 보고 다른 장면이 연상되기만 하더라도 그 연상된 장면을 자신의 존재로 간주해버리는 것이다. 결국 허상의 것에서 구체성을 그리고 있는 것이다. 하지만 우리의 존재는 구체성을 바탕으로 현재를 담아야 한다. 그러므로 우리는 '이것을 보고 이거다, 저것을 보고 저거다'라고 할 정도의 감정을 유지할 필요가 있다.

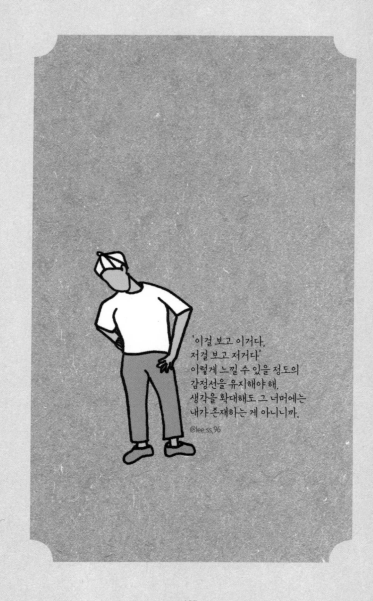

'이걸 보고 이거다,
저걸 보고 저거다'
이렇게 느낄 수 있을 정도의
감정선을 유지해야 해.
생각을 확대해도 그 너머에는
내가 존재하는 게 아니니까.

@lee.ss.96

흔적은 지우는 게 아니야

우리는 계속해서 기억나는 부정적인 과거를 지우려고 노력하는 경향이 있다. 그 과거의 장면은 더 이상 현재의 자신이 아니라고 생각하며 잊기 위해 새로운 현상에 스스로를 내던지곤 한다. 하지만 지운다는 것은 과거를 다시 한번 떠올리는 과정을 수반한다. 지우기 위해 생각하고 생각이 나서 괴로워하고 또다시 지우기 위해 생각한다. 자신의 시선이 머물지 않았던 과거일 때 지울 수 있는 자국이라고 말할 수 있다. 하지만 시선이 머물렀다면 흔적이 되고 그 흔적은 지울수록 짙어져서 현존하는 존재의 부분이 되고 만다. 흔적이 된 이상 받아들일 수밖에 없는 것이다.

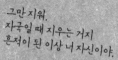

그만 지워,
자국일 때 지우는 거지
흔적이 된 이상 너 자신이야.

아, 진짜 왜 이렇게
안 지워지냐!

@lee_ss_96

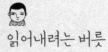

읽어내려는 버릇

모든 것을 예측 가능한 범위로 가져와야만 안도감이 들었다. 내가 한 번쯤은 경험하고 느꼈던 생각과 감정 안으로 모든 것을 포함시키려고 했다. 타인의 존재를 나의 그릇에 포섭해야 그 사람을 읽어냈다고 생각했다. 내가 틀리지 않았다는 생각이 나를 안심시켰다. 그래서 낯선 가능성을 무의식적으로 제외시켰다. 그렇게 멈춰있는 나의 존재를 더 단단하게 만들기를 반복했다. 읽어내려는 습관을 버리고 상대방을 바라보며 나를 비우고 새로운 나를 받아들이려는 과정을 겪어야 했다. 존재의 그릇을 더 키워서 예측 가능할 수 있는 범위 자체를 넓혀갈 때 보다 폭넓게 행복을 찾을 수 있는 힘이 생기고 사소한 부분에서도 행복을 느낄 수 있기 때문이다.

사람을 읽어내려고 하는 버릇을
고쳐야 하는데 그게 쉽지가 않아.

@lee_ss_96

정확히 말하면 알게 된 거니까.
그러면 더 이상
그 친구의 이야기가 아니고
내 생각인 거잖아.

너 알고 있었잖아?
근데 왜 말 안 했어?

@lee_ss_96

나도 알게 된 거니까 조심하는 거야

우리는 살면서 수동적·간접적으로 너무도 많은 이야기를 들으면서 살아간다. 수동적으로 듣는다는 것은 나의 의사소통 의지와 상관없이 듣게 되는 것을 말한다. 간접적으로 듣는다는 것은 직접적인 대상자의 이야기에 대한 사실 여부를 판가름할 기준이 모호한 상태에서 듣는 것을 말한다. 이렇게 듣게 되는 이야기는 당사자들의 진실한 존재를 반영해 줄까? 누군가의 생각을 거쳐서 듣게 되는 이야기는 당사자의 존재를 온전히 담지 못한다. 그 당사자의 존재에 대한 누군가의 생각이 전해질 뿐이다. 이야기의 대상자를 어떻게 생각하느냐에 따라 말투와 표정을 다르게 말할 수밖에 없다. 모든 사람의 진실한 존재를 존중하기 위해서는 수동적·간접적으로 듣게 되는 이야기를 자신의 입으로 또다시 내뱉지 않고 침묵해야 한다. 그것이 모르는 사람의 존재에 대한 최소한의 예의이다.

그림을 보고 물감들이라고
부를 줄 아는 사람이 되고 싶어.
그런 사람은 뭔가 팔레트를
손에 쥔 사람 같거든.
@lee_ss_96

112

그림을 감상하고 물감을 볼 줄 아는 사람

존재는 전체의 그릇으로 나타나기도 하지만 그 안에 비중이 큰 부분으로 드러나기도 한다. 그러기에 우리는 타인의 존재를 바라볼 때 그릇과 요소를 조화롭게 볼 줄 알아야 한다. 그릇의 크기만을 바라본다면 크기가 형성된 과정을 무시하고 결과의 관점으로만 존재를 대할 수 있다. 반면에 요소만을 바라본다면 그 요소가 형성되어온 과거의 과정에만 갇혀서 현재의 생동감을 잊게 될 수 있다. 그렇기에 둘 다 볼 줄 아는 사람이 되어야 한다. 그런 사람은 그림을 탄생시키는 물감을 담고 있는 팔레트를 손에 쥔 사람처럼 보인다.

내 슬픔을 똑같이 한 번만 읽어줘

위로만으로는 변하는 게 하나도 없다는 것을 누구보다 잘 알고 있었다. 하지만 슬픔이 나를 삼켰을 때 누군가 나의 슬픔을 읽어주기를 바랐다. 나의 이야기를 듣고 있는 상대방의 진심이 나의 마음과 다를지는 몰라도 '그래서 힘들었구나'라는 말을 듣고 싶었다. 단 한 명이라도 내가 이렇게 죽을 듯이 노력하고 있다는 것을 알아줬으면 하는 마음이었다. 나의 슬픔이 인정받기를 원한다는 것이 욕심처럼 느껴졌지만 그래도 나약해지고 싶었고 따듯함을 느끼고 싶었다. 우리 모두는 존재의 단단함을 추구하기 전에, 사람이기에 가끔은 누군가에게 기대고 싶은 마음이 있다.

나 사실 몰라서 물어본 게 아니야.
그냥 내가 쓴 슬픔을 똑같이
한 번만 읽어주기를 바랐을 뿐이야.
@lee_ss_96

슬픔의 크기가 다르듯이
위로의 크기도 다르지.
위로해주는 모습과 위로 받는 모습이
조금 엇나가 보이더라도
우리 모두는 무의식적으로 알아.
위로 안에 그 사람의 이야기가
담겨 있다는 걸.

@lee_ss_96

슬픔의 무게, 위로의 무게

위로를 하는 상황에서 각자의 '나'가 가장 잘 드러난다고 생각한다. 슬픔이라는 감정은 스스로에게 더 솔직해지는 감정이다. 그래서 슬픔은 자신의 존재를 확인하게 되는 계기가 될 수 있다. 그런 슬픔을 공유한다는 건 존재를 공유하는 것과 같다. 각자의 슬픔이 다르듯이 위로의 크기도 다르다. 자신이 가진 슬픔의 크기만큼 위로도 할 수 있다. 때로는 자신이 가진 슬픔의 크기보다 작은 슬픔을 들을 때가 있다. 그럴 때 건네주는 위로는 상대방 슬픔의 크기보다 클 수 있다. '상대방의 슬픔에 알맞지 않게 너무 큰 위로를 해주는 건 아닐까?'라는 걱정을 하고 미안함을 느낄 수 있다. 하지만 위로라는 것은 이름일 뿐이고 사실 서로의 슬픔을 나누는 과정이다. '나'라는 사람의 감정 폭을 타인과 나누는 것이다. 서로의 존재를 나누는 것이기 때문에 서로가 미안한 감정을 느낄 필요가 없다. 보다 성숙한 '나'는 그런 위로를 듣고 자신의 상처가 치유되면서도 위로를 해주는 그 사람의 존재를 받아들이기 때문이다.

오늘은 그냥 맞추지 말고 자.
사람 냄새 좀 풍기면서 살아.
너한테 나약해질 시간도 좀 주자.
무엇을 버텨내고 사는지는
알고 버텨야지.

알람 맞춰야하는데
내 휴대폰 봤어?

@lee_ss_96

사람 냄새 좀 풍기면서 살아도 돼

우리 모두는 수많은 방법을 통해서 현재 자신의 존재를 찾기 위해 노력하고 있다. 하지만 너무 방법에만 몰두하다 보면 자신의 존재를 잊을 수도 있다. 과하게 자신을 끝으로 몰아붙이면 방전되는 것이 사람이다. 그 방전마저 노력의 아름다운 결과라고 부를 수도 있지만 사람 냄새 좀 풍기면서 살아가는 것이 지친 자신에게 웃어줄 수 있는 방법이다. 늦잠도 자고 아무 생각 없이 산책도 하면서 여유를 위한 여유를 자신에게 주는 것이 중요하다. 우리는 여유 속에서 '얻고자 하는 것은 무엇이고 얻기 위해서 버려내고 있는 것은 무엇인지'를 찾을 수 있다. 그걸 되짚어보는 모습에서 사람냄새가 풍겨난다.

나이가 들었나…
이제는 지나가는 계절들이
시원섭섭하게 느껴지네.

@lee_ss_96

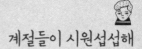

계절들이 시원섭섭해

어느 순간부터 시간이 흘러가는 게 느껴지기 시작했다. 하루가 보이고, 일주일이 보이고, 한 달이 보이고, 계절들이 보이고, 1년이 보였다. 그렇게 지나가는 시간을 보면 후련하기도 하면서 아쉽기도 했다. 그 하루 안에는 무엇을 채웠을까? 1년이라는 시간 안에는 무엇을 채웠을까? 그 시간 안에 '나'라는 것이 존재했을까? 이런 질문이 밀려오면서 많은 생각이 들었다. 존재에 대한 회의감이 들 수도 있었겠지만 만약 치열하게 '나'를 찾는 과정을 겪지 않았다면 그러한 생각도 들지 않았다고 판단하며 스스로를 격려했다. 계절들 사이사이 변칙적인 상황 안에 자신을 담았던 기억이 있어서 후련했다. 그리고 그 상황 안에 자신을 부족하게 담았던 기억에 아쉬웠다. 앞으로도 내게 주어지는 시간 속에서 '나'라는 사람이 누구이고, 행복이란 무엇이고, 왜 행복해져야 하는지에 대한 답을 찾기 위해 노력해야겠다는 생각이 들었다.

Chapter 3

모두가 같은 의미를
다른 방식으로
찾아가는 중이니까

모두가 같은 의미를
다른 방식으로
찾아가는 중이니까

너무 많은 질문들이
같은 의미를 다르게
말하고 있는 건 아닌가 싶어.

@lee.ss.96

모든 질문은 의미 있는 거야

'자신을 알아가는 질문들이 과잉 공급되고 있는 건 아닌가?'라는 생각을 했다. 결국 같은 의미를 향해서 가는 건데 너무 많은 질문이 존재한다고 생각했다. '나'는 누구인가? '행복'이란 무엇인가? 왜 행복해야 하는 건가? 이 질문에 답을 해나가는 과정인데 우리는 너무도 다양한 질문을 조금씩 바꿔서 주입하고 있다. 하지만 우리는 그 세 가지 질문에 답을 하기 위해서 다가가고 있다. 즉, 우리도 정확히 모르는 가능성이 많기에 그 세 가지 질문에 뿌리를 둔 수많은 질문을 통해서 가까워지고 있는 중이다. 우리 모두는 서로 다르기 때문에 질문이 같을 수는 없다. 어쩌면 그 수많은 질문 중 하나가 '나'로 가는 지름길이 될 수도 있다. 그래서 모든 질문을 존중하고 나눠야 한다. 결국 하나의 의미로 가는 길이기 때문이다.

이것저것 모두 끝까지 가면 결국은
하나의 점으로 모이는 거야.
그러니까 우리는 현란한 추태에 눈 돌리지 말고
현학적인 말에 넘어가서는 안 돼.

@lee.ss.96

모든 건 한 점으로 모이는 거니까

모든 존재는 결국 온전함이라는 하나의 점으로 모인다. 존재의 온전함이란 손에 잡히는 것으로 가득 차는 것을 의미하지 않는다. 서로 다른 것을 봐도 '나'의 중심으로 의미를 연결시킬 줄 아는 것이 존재의 온전함이다. 그 온전함을 이루기 위해서는 우선 존재에 관한 생각을 끝까지 해볼 필요가 있다. 존재를 향한 질문을 훑어보는 식으로 대하면 끝까지 갈 수 없다. 질문에 질문을 던지고 답이 나왔어도 또다시 질문할 줄 아는 끈질긴 노력이 필요하다. 그리고 그 생각의 연쇄는 외부의 목적을 향해서는 안 된다. 감각적으로 현혹시키는 외적인 상황에 빠져들면 존재는 분산되어 버릴 수밖에 없다.

무게와 온도

존재는 무게와 온도의 배합으로 적정선을 찾게 된다. 존재는 깊은 발자취를 남길 때 가치를 발휘할 수 있다. 때로는 보다 유연하게 흘러갈 때 빛날 수 있다. 무게와 온도 둘 다 존재를 확인시켜주는 중요한 요소이다. 하지만 보다 중요한 것은 무게와 온도를 담고 있는 존재를 내적으로 느낄 줄 아는 힘이다. 외적 환경이 발자취를 인정해줄 때만 가치를 발휘한다고 느끼면 무게라는 건 결국 의존적인 가벼움이 될 뿐이다. 타인과의 관계에서의 유연함만을 존재의 흐름으로 생각하게 되면 흐름이라는 건 중심을 잃은 물줄기가 될 수밖에 없다. 그러므로 항상 외적인 가능성을 배제하고도 무게와 온도를 느낄 수 있도록 노력하는 것이 중요하다.

흔적을 보면 무게가 먼저지만
흐름을 보면 온도가 우선이야. 어려워….

뻔하지 않은 시간

때로는 뻔하지 않은 것이 스스로의 부족한 부분을 채울 수 있다. 도시라는 공간은 수많은 사람과의 접촉을 당연시하게 한다. 그 안에서 이루어지는 다양한 소통과 공유는 나 자신에 대하여 많은 생각을 하게 한다. 하지만 도시에서의 관계란 결국 타인과의 소통이기에 어느 정도의 뻔한 표정과 말투를 가질 수밖에 없다. 그것은 가식과는 다른 태도이다. 상대방을 받아들이기 위해 타인에 대한 경계를 내려놓는 자세일 뿐이다. 그렇게 새로운 많은 것을 가득 채우고 방에 들어와 혼자가 되면, 오로지 혼자인 시간에서만 채울 수 있는 것을 채울 줄 알아야 한다. 그 시작은 뻔한 표정과 말투로 타인에게 경계를 내려놨던 것과 반대로 뻔하지 않은 태도로 자기 스스로에 대한 경계를 내려놓는 것이다.

도시의 소음에 흠뻑 젖고
방 안에 들어오면 눈치 보지 말고
뻔하지 않은 표정으로
밖에서 담지 못했던 것을 담아.

@lee_ss_96

'내가 짓고 싶은 표정을
타인의 얼굴에 그리지 말기,
충분히 미성숙해보고 성숙을 흉내 내지 말기,
자신을 전지적 시점에서 바라보지 말기'
뭐 그런 거 아닐까?

우리는 앞으로
무엇을 노력하면서
살아야 할까?

@lee_ss_96

우리는 앞으로 무엇을 더
노력해야 하는 걸까?

살아가는 데 행해지는 모든 노력은 결국 '나' 자신을 향해야 한다. '나' 자신의 중심을 지켜나가면서 주변 상황과 조화를 이루는 것이 중요하다. 우리 모두는 절대 타인과 관계를 끊고 살아갈 수 없다. 타인도 나에게는 '너'이지만 상대방 스스로에게는 '나'이다. 그러므로 '나'를 대하는 자세로 상대방을 대할 줄 알아야 한다. 상대방을 자신처럼 대할 줄 아는 것, 이것이 '나'에게 더 가까워지는 방법이다. 그리고 절대로 척하는 자세를 취하면 안 된다. 자신이 경험한 것만큼 보여주고 소통하는 것이 나다움이다. 우리 모두는 죽기 직전까지 미성숙의 반복을 겪는다. 하지만 성숙을 흉내 낸다면 자신을 빈 껍데기처럼 취급하는 것과 다를 게 없다. 마지막으로 결국 스스로가 살아가는 것이 삶이다. 절대 자신을 밖에서 바라보면 안 된다. 항상 내적 자아의 관점에서 스스로를 바라보고 질문을 던져야 한다. 밖에서 바라보는 건 너무 많은 외적 기준에 자신을 끼워 맞추는 것이 될 수 있다.

133

시시하게 살지 마.
시시하게 살면
세상도 너를
시시한 사람으로
기억할 거야.

@lee.ss.96

인정받기 위해 살아간다는 것이 얼마나 부질없는 것인지를 느꼈다. 아무리 노력해도 세상은 처음부터 나라는 사람에게 기대가 없었기에 실망할 이유도 없었다. 어느 순간부터 세상에게 인정받지 못하면 나의 존재는 가치가 없다고 느껴졌다. 나는 사회에 꼭 필요한 존재가 되어야만 한다는 의무감이 들었다. 그 의무감은 나의 존재를 더 허무하게 만들었다. 단 한순간도 시시하게 살지 않았지만 그것만으로는 세상에 보여줄 나만의 무언가가 없었다. '세상의 시선마저 지울 수 있는 자신의 단단함이란 무엇이고, 그런 단단함이라는 게 존재하기는 하는 것일까?' 이 질문에 대답하고 싶어서 다시 한번 '나'라는 존재에 대하여 고뇌하기 시작했다.

같게 생각해야지
같아지는 게 아냐.
조금 다르게 생각함으로써
닮아 있음을 알게 되는 거야.

@lee_ss_96

조금 다르게 생각해보면
서로가 다르지 않은 거야

다른 존재와 자신이 같다고 생각하면 할수록 차이점만
확인할 뿐이다. 오히려 '우리는 서로 모두 다르다'라는
문장을 받아들일 때 서로의 유사성을 발견할 수 있다.
같아지는 것은 결국 다른 점을 같게 고쳐야지만 가능한
일이다. 관계에서 결국 '내'가 없거나, '너'가 없어야지만
가능한 일을 배려라고 믿을 뿐이다. 그럴수록 우리는
관계와 존재에 대해 회의감이 들 수밖에 없다. 그리고
우리 모두는 결국 스스로가 능동적으로 관계를 선택하
기 때문에 '너'를 지우려고 하는 이기심에서 빠져나오
지 못할 수 있다. 그러므로 '모두가 다르다'라는 전체적
인 틀을 인식하고 서로의 다름을 인정해주는 것, 이를
해낼 수 있다는 것이 모든 존재들 간의 닮음이다.

오래된 친구를 만났어.
"어떻게 지냈어?"라는 말에 내가 그동안 지내온
무거운 이야기를 하고 싶지 않아서
"그냥 그렇게 살았어"라고 말했어.
내가 한 대답은 돌고 돌아서
'대충' 살아온 사람으로 내 귀에 들려왔어.
그래서 앞으로는 최대한 구체적으로
묘사하려고….
어떤 상황에서도 말이야.

@lee_ss_96

묘사와 나열이 자신을 구체화하는 거야

자신을 표현할 수 있는 질문을 받았을 때 우리는 항상 당당해져야 한다. 가깝지 않은 사람에게 굳이 자신을 설명할 필요가 없다고 생각할 수 있다. 하지만 내적으로 단단한 사람은 자신을 표현할 수 있는 가능성이 주어지면 어떤 상황에서라도 현재의 존재를 확실하게 보여준다. 현재의 자신을 사랑하는 사람은 타인의 시선에 크게 영향을 받지 않는다. 자신이 내뱉는 말과 자신의 존재가 일치하기 때문이다. 현재라는 시간은 수많은 질문으로 이루어져 있다. 그 질문에 맞서서 최대한 구체적으로 자신을 묘사하고 나열하는 것이 존재를 확고하게 만들어준다.

좋은 상황이든
안 좋은 상황이든
앞으로 주인공이 되려고,

그냥 넘어갈 수도 있는
일이었잖아?

@lee_ss_96

나는 항상 주인공인 거야

주인공이 된다는 건 어떤 가능성이라도 자신의 중심에 가깝게 둘 줄 아는 힘을 가졌다는 것을 의미한다. 좋은 상황이 주어지면 미흡한 부분을 노력까지 해서 찾아내 아쉬워하고 좋지 않은 상황이 오면 절망에만 빠지는 게 사람이다. 이러한 경향성은 상황에 지배당하는 모습일 뿐이다. 삶이라는 연극에서 주인공이 되기 위해서는 좋은 상황에서 발견되는 미흡한 부분마저 자신을 성숙시킬 수 있는 기회로 받아들일 줄 알아야 한다. 그리고 안 좋은 상황 속에서는 현재의 희망을 찾을 줄 아는 의지를 길러야 한다. 주어진 상황에 감정적으로만 반응해서 흘러가는 대로 넘긴다면 자신의 존재는 희미해질 뿐이다.

감정은 타협점을 찾는 거야

버틸 만하고 서투니까 감정이라고 부를 수 있다. 감정이라는 것에 너무 많은 것을 기대하면 안 된다. 우리는 자신의 감정에 의심이 너무 많기에 스스로 끊임없이 질문하다가 입으로 뱉어내지 못하는 경우가 많다. 그 뱉어지는 감정이 자신에게 솔직한 것인지, 남들에게는 어떻게 받아들여질 것인지의 생각들로 인해 스스로 그 감정을 삭인다. 하지만 뱉어내지 못하면 결국 추상적인 것에 불과하다. '나'라는 존재는 항상 구체적인 방향으로 가야 한다. 따라서 즉각적인 감정을 뱉어내면서 구체화할 필요가 있다. 만약 뱉어진 감정이 자신이 생각했던 것과 다르다면 그 둘 사이의 타협점을 찾으면 된다. '나'라는 건 언제나 타협의 과정에서 태어난다. 타인도 나와 똑같이 서툰 존재이다. 두려워할 이유가 없고 함께 감정을 구체화하는 방향으로 나아가면 된다.

자신의 감정이 정확하지 않다고
너무 움켜쥐고만 있어서는
안 된다고 생각해.
때로는 놔주면서
형상화되는 것들이 많아.

그렇게 놔주면서
뱉어지는 것들이
내 안의 감정과 다른 것이면?

적어도 그들 사이에서
타협점은 찾아볼 수 있잖아.

@lee.ss.96

성장하는 것과
성숙해지는 건
다른 것 같아.

그렇지.
성장은 공허마저 재물 삼아
여백을 지우는 느낌이 강한데
성숙은 공허를 인지하고
자신 안에 채울 그릇을
확인하는 느낌이야.

@lee_ss_96

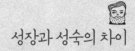
'나'라는 것에 가까워질수록 성장과 성숙이 동시에 일
어났다. '나'에게 가까워지기 위해 어떤 부분을 보내주
면서 공허함을 느꼈다. 그 후 내 안의 여백을 또 다른 부
분으로 채우기 시작했다. 행복은 말로 설명하기 어렵지
만 자신과 유기적으로 연결된 어떤 것을 채워가는 과정
이라고 느꼈다. 그러한 과정에서 내가 보내줬던 것들의
공간을 인지하면서 성장하고 성숙해졌다. '나'라는 건
결국 맞지 않는 부분을 보내주면서 그릇을 확인하고 새
로운 부분을 받아들이면서 공간을 채우는 과정의 반복
이다. 그러한 과정들이 모여서 생기는 감정이 행복이었
다. 그래서 사람들은 그 성장과 성숙을 반복하기 위해
자기 나름대로 다양한 질문을 던지는 것이다.

정말 중요한 건 눈에 보이지 않는다는 걸 아는데
나는 그렇게 중요한 보이지 않는 걸 보이는 것을
변명하기 위해서만 사용하고 있어.

@lee_ss_96

보이지 않는 것을 변명으로 이용했어

성장과 성숙의 과정은 눈에 보이는 것이 아니다. 눈에
보이는 것은 결국 외면을 표현하는 명사다. 눈에 보이
는 것도 눈에 보이지 않는 것만큼 나름대로의 가치가
있다. 하지만 그 둘의 관계가 변명의 관계가 되어서는
안 된다. 둘 다 '나'의 부분이기에 서로 용서해주며 사랑
할 줄 알아야 한다. 사람마다 그 둘 중에서 조금 더 중요
하다고 생각하는 게 다를 수 있다. 그럴 때는 순서를 정
하는 것이 맞다. 최종적으로 우리는 외면과 내면 그 둘
을 하나의 '나'로 받아들일 수 있어야 한다. 그때 감각을
뛰어넘어 마음으로 자신을 받아들일 수 있다.

낭만의 가치

우리 모두는 결국 현실 속에서 살아간다. 그 말은 경제
적으로 능력이 없으면 살아갈 수 없다는 것이다. 때로
는 무시를 받으면서까지 일을 해서 생활을 유지해야 한
다. 우리는 그런 과정에서도 성장과 성숙의 과정을 통
해 행복에 가까워질 필요가 있다. 낭만이라는 것을 현
실에 지쳐서 도피하는 과정이라고 말하는 사람들이 있
다. 또는 현실을 겪고 나서 뒤늦게 존재에 대한 질문으
로 돌아오는 것이 낭만이라고 보는 사람들도 있다. 전
자와 후자 중 어느 것이 낭만일까? 둘 다 아니라고 생각
한다. 낭만이라는 것은 현재 자신의 있는 그 자체를 찾
아가는 가치다. 우리가 현실에서 힘들게 삶을 버텨내는
건 결국 '나'라는 것을 유지하기 위해서이다. '나' 자신
을 찾는 노력 자체를 하지 않으면서 스스로를 유지한다
는 건 자신을 잃어버리는 행위를 자초하는 것이다. 그
러기에 낭만이라는 것을 그다음의 어떤 단계로 인식하
지 말아야 한다. 낭만은 항상 우리 곁에 있는 아름다운
가치이기 때문이다.

낭만이란 건 연륜의 깨달음이나
현실의 도피처만으로 설명되기에는
가치가 너무 커.

@lee_ss_96

결국 '나' 말고 뭐가 되겠어?

사람들은 비교를 통해 얻게 되는 특별함에 너무도 큰 가치를 둔다. 다른 사람들과 몇 차원은 달라야지 특별해지고, 특별해져야지 사회에서 가치를 가진다고 생각한다. 물론 비교를 통해 특별함을 얻는 것도 어느 정도 가치가 있을 수 있다. 좀 더 자신을 개발하여 발전하는 나의 모습을 발견할 수 있다. 하지만 우리는 비교하기 전에도, 비교하고 나서도 결국 '나' 자신 그 자체다. 타인과 비교하기 전에 우리는 자신의 감정이 담겼던 장면을 충분히 이해하는 과정이 필요하다. 몇 차원 달라져서 특별해진다고 해도 조금 더 인정받는 '내'가 될 뿐이다. 슬프면 울고 기쁘면 웃는 그런 '나'는 변하지 않는다. 그러므로 '왜 그때 그런 감정을 느꼈었는지'를 알아가는 과정을 자신만의 특별함으로 생각하고 받아들일 필요가 있다.

비교 기준으로 특별해지는 사람은 되지 말자.
몇 차원 달라져 봤자, 결국 '나' 말고 뭐가 되겠어.
'그때 우리가 왜 울었는지, 그때 우리가 왜 웃었는지'
그걸 알고 사는 특별함을 가지고 그냥 살자.

모든 감정에
꼭 이유가 있을 필요는 없어.
우리는 느끼고 있는 감정들을
정확히 알지 못하니까.
그러니까 우리는 결국
아무것도 아닌 일에
충분히 흔들리면서
살아가면 되는 거야.

@lee.ss.96

152

충분히 흔들리면서 살아가는 거야

우리 모두는 아무것도 아닌 일에 충분히 흔들리고 있다. 모르기에 흔들릴 수 있고 흔들린 만큼 알아갈 수 있는 것이다. 우리는 성숙하지 못하더라도 미성숙에 대해서는 성숙한 태도를 지녀야 한다. 그것이 자신의 감정과 존재를 유연하게 대할 수 있는 방법이다. 그러한 태도를 지니기 위해서는 감정을 느끼게 된 이유들을 너무 깊게 파고들어서는 안 된다. 감정의 원인에 대한 생각이 꼬리를 물기 시작하면 스스로에 대한 저평가와 세상에 대한 불만만을 확인하게 될 수 있다. 감정의 발생에 꼭 이유가 있어야 할 필요는 없다는 생각을 가지고 충분히 흔들리며 단단해지는 것이 살아가는 지혜이다.

경험의 나이

'나이'는 결국 숫자로 표현되는 지나온 시간에 불과하다. 우리 모두는 나이만큼의 '나'를 가지고 있는 게 아니다. 그 나이가 될 때까지 경험한 것만큼의 '내'가 존재할 뿐이다. 숫자로 표현되는 나이라는 것은 사실 무의미하다. 이를 무의미하다고 생각할 수 있을 때 자신의 내적 그릇을 키울 수 있다. 그래서 항상 나이와 무관하게 사람을 만나면 많은 질문을 할 줄 알아야 한다. 질문하지 않으면 꺼낼 수 없는 내용들을 질문해서 서로의 존재를 나눌 필요가 있다. '굳이 그럴 필요가 있나?'라는 생각은 결국 자신의 경험을 절대적으로 믿게 만들 가능성이 크다. 행복으로 가기 위해서 그리고 '왜 행복해야 하는 것인지'를 생각해보기 위해서는 다른 경험의 크기에 대하여 질문할 줄 알아야 한다.

다들 잘 먹고 잘살려고 하는 거니까
좋은 말이든, 나쁜 말이든
너무 뭐라고 하지 말자.

@lee_ss_96

너무 많은 말은 하지 말자

불행하기 위해서 노력하는 사람은 없다. 우리 모두는 잘 먹고 잘 살기 위해서 움직인다. 하지만 우리는 타인의 삶을 볼 때 표면적인 행동의 결과만을 바라보는 경향이 있다. 타인의 행동이 낳은 결과만으로 상대방에게 너무도 많은 말을 하곤 한다. 존재라는 건 결과로 채워지는 것이 아니다. 성장과 성숙의 과정 속에서 단단해지는 것이다. 결과는 존재를 온전하게 만들어가는 과정에서 남겨지는 작은 풍경에 불과하다. 그 풍경은 좋고 말고의 기준이 없다. 그러하기에 우리는 타인의 삶이 낳는 결과를 보고 너무도 많은 평가의 말을 해서는 안 된다.

사람들은 타인과의 비교를 통해 얻은 특별함을
너무도 가치 있게 생각하는 것 같다.

"힘내"라는 말보다
"힘들지?"라는 말이 더 울컥해.
@lee_ss_96

때로는 물음이 더 울컥해

'나'와 '너'는 크게 다르지 않다. 진심 어린 말 한 마디에
감동과 위로를 받으며 자신이 채워져 가는 걸 느끼는
게 사람이다. 하지만 때로는 힘들어 하는 상대방의 이
야기를 들어주지도 않고 그냥 "힘내"라는 말을 건넬 때
가 있다. 위로는 이야기에서 시작한다. 슬픔 속에 더 나
다운 것이 담겨있기에 툭 던지는 "힘내"라는 말보다 "힘
들지?"라는 물음에 더 울컥한다. 그 한 마디로 서로의
존재가 공유될 수 있기 때문이다. 누구나 각자의 힘든
상황이 존재한다. 자신의 슬픔을 소중하게 생각하는 만
큼 타인의 슬픔도 소중히 대해주는 것이 성장과 성숙의
과정이다. '나'와 '너'도 결국 존재 그 자체로 집합되는
것이기에 서로 다른 상황으로 인해서 조금씩 달라진 부
분을 이해하기 위해 노력하는 것이 중요하다.

변하니까 존재할 수 있는 거야

모든 사람은 긍정적인 상황이 오면 영원하기를 바란다. 사람들이 그렇게 바라는 이유는 행복이 긍정적인 상황에서만 나온다고 보기 때문이다. 하지만 행복이라는 건 성장과 성숙의 과정에서 온전해지는 존재를 느낄 때 찾아오는 것이다. 어떠한 상황이 고정적으로 멈춘다면 더 이상의 성장과 성숙이 일어날 수 없다. 어떠한 상황도 변하지 않는다면 하나의 상황에서 이미 자신이 완성됐다고 느끼게 될 수 있다. 과거에 갇힌 자신을 현재로 생각하고 만족하며 살아갈 뿐이다. 그래서 긍정적인 가능성이라도 영원하다면 그 안에서 행복은 더 이상 느낄 수 없는 것이다. '변하지 않는 것은 없다.' 이 문장만이 불변할 것이고 그렇기에 우리는 계속해서 성장과 성숙을 느끼며 행복할 수 있다.

용기 있는 포기

목표와 꿈이라는 것은 자신을 찾게 될 수 있는 엄청난 기회다. 자신을 끝까지 몰입시킬 수 있는 건 그 어떤 경험보다 '나'에게 가까워질 수 있는 계기가 될 수 있다. 하지만 목표의 꿈을 이루기 위해서 시작하면 결과라는 걸 바라보게 된다. 그 결과에 따라서 실패와 성공을 나누기 시작한다. 자신을 온전히 담았던 것이 실패로 끝나게 되면 '나'의 존재는 와르르 무너지기 쉽다. 꿈이라는 건 상당한 몰입을 요구하기 때문에 이뤄가는 과정에서 성장과 성숙을 느낄 수 있지만 결과만 놓고 볼 때 실패하게 될 경우 자신을 잃는 기분이 들 수 있다. 하지만 자신을 잃는 기분에 압도당하는 것은 포기할 줄 아는 용기가 부족하기 때문이다. 용기라는 건 두려움을 주체적으로 이용하여 자신을 성장시키는 것이다. 그러므로 용기 있는 포기를 한 경우, 다시 자신 안에 몰입할 수 있는 공간이 생겼다는 것을 확인할 수 있다. 거기서부터 다시 성장과 성숙의 과정을 채워 가면 되는 것이다.

그래, 난 포기를 선택한 거야.
실패한 게 아니야.
용기 있게 선택한 거야.
절대로 와르르 무너지지 않을 거야.

@lee.ss.96

'있는 그대로'도 결국 만들어내는 거야

'우리 모두는 존재 그 자체로 가치 있다'라는 말을 당연하게 받아들일 수도 있지만 그렇게 자신을 바라보는 것은 매우 어려운 일이다. 아무것도 하지 않고 하루하루를 허비하기만 하는 자신을 있는 그대로 가치 있다고 볼 수 있을까? 그런 삶에 만족하면서 자신을 가치 있다고 여기는 것은 '있는 그대로'의 진정한 의미를 모르는 태도이다. 존재에 관하여 '있는 그대로'는 변화하는 상태의 진행 중을 의미한다. 끊임없이 자신을 찾아 나가며 성장과 성숙을 해나가는 과정, 그 자체가 '있는 그대로'이다.

이미 존재 그 자체로 가치 있는 사람은 없어.
그런 말을 들어도 여유와 나태를
구분할 줄 아는 사람이 있을 뿐이야.
가치라는 건 만들어가는 거니까.

@lee.ss.96

존재의 무거움

존재의 단단함은 무거운 분위기를 풍긴다. 그런 단단함을 가진 사람은 어떤 말을 해도 그 분위기가 담긴다. 가볍게 이야기하지 않고 자신의 존재를 온전히 담아내고 있다는 것이 느껴진다. 그리고 그런 사람의 말은 다른 사람에게 긍정적인 변화의 영향력을 준다. 수많은 성장과 성숙의 과정을 겪고 나면 언어라는 건 어떠한 것도 변화시킬 수 없다는 걸 느낀다. 언어의 가치는 존재를 공유할 수 있게 해주는 수단에서 멈춘다. 결국 존재의 온전함을 품은 사람, 그 자체의 분위기만이 사람들에게 변화의 가능성을 줄 수 있다.

말하는 내용은 사실 크게 중요하지 않아.
그 사람의 풍경이 이미 압도적이어서
어떤 말이라도 그 풍경이 담기는 걸 느끼니까,
더 물어보지 않아도 돼.

저렇게 간단한 말이
이해돼서 더 물어보지
않는 거야?

@lee.ss.96

시기의 정반합

삶 전체의 무지와 앎은 존재하지 않는다. 순간순간을 받아들이고 떠나보내는 과정이 삶을 구성한다. 그 과정 속에서 시기에 맞는 앎과 무지가 존재할 뿐이다. 인생이라는 건 거대한 성을 완성시키는 것이 아니다. 각자의 시기에 맞게 벽돌 하나를 올리면서 계속해서 쌓아가는 것이다. 다만 그것을 조금 멀리서 볼 때 성으로 보일 수도 있을 뿐이다. 그러므로 자신이 살아온 만큼의 과정이 이분법적인 판단의 기준이 되어서는 안 된다. 어떠한 과정도 삶 전체의 기준이 될 수는 없다. 우리는 모두 계속해서 무지와 앎을 깨닫고 있는 중이다. 각자의 성장과 성숙의 과정을 공유하고, 그 공유하는 과정에서 또 다른 벽돌 하나를 올리는 것뿐이다.

인생 전체의 무지와 앎이 있는 줄 알고
너무도 많은 말을 하고 지낸 것 같아.
각각의 나이 시기에 존재하는 무지와
앎 사이에서 정반합이 계단을 이루다 보면
그냥 그 나이의 틀에 맞는 벽돌 하나 올릴 뿐인데.

@lee_ss_96

시공간적으로 멀어질수록
'나'에게 가까워지는 게 아니야

사람들은 후회와 기대를 평생 안고 살아간다. 과거에 놓쳐버린 의미를 아쉬워하고 다가오지 않은 미래에 큰 가치를 부여하며 현재에 존재한다. 사람들은 후회와 기대를 하는 행동이 어떠한 변화의 쓸모를 가져와 줄 것이라고 믿는다. 하지만 후회와 기대 그 자체는 어떤 것도 바꾸지 못한다. 오히려 쓸모라는 건 현재 자신의 존재에 대한 생각만으로도 충분히 생겨난다. 후회와 기대는 현재 존재에 대한 고찰의 범위를 확대하는 것이기에 자아 성찰의 기회를 가져와 줄 수 있다. 그러므로 쓸모를 상황의 변화에만 초점화해서는 안 된다.

쓸모라는 건 충분히 주변에 존재해.
그러니까 시공간적으로
너무 멀어서 찾지 말자.

@lee.ss.96

기쁨보다 슬픔에서
행복을 느끼는 것 같아.

슬퍼도 행복할 수
있다는 거야?

응. 내가 뚜렷하게 그려지면
그게 행복이니까.

뚜렷함이라‥

@lee_ss_96

행복은 자신의 존재를 확인하는 것이다. 그래서 우리는
성장과 성숙의 과정을 반복하며 끊임없이 현재 자신의
존재를 그려간다. 하지만 사람들은 행복의 기준을 감정
만으로 삼는 경우가 많다. 감정은 어떠한 감각에 반응
한 느낌이다. 그 느낌 자체가 행복이 될 수는 없다. 어떤
감정에서 자신의 존재를 더 뚜렷하게 확인할 수 있는지
를 아는 것, 그것이 감정을 올바르게 대하는 태도이고
행복을 이뤄가는 모습이다. 음의 감정이라도 그 안에서
자신이 뚜렷하게 그려진다면 행복이라고 부를 수 있다.
그래서 우리는 슬픔 안에서도 행복을 찾을 수 있는 것
이다.

다른 부류의 개념들을
하나로 합치려고 하니까
문제를 만들어서
생각이 많아진다고
하는 거야.

@lee_ss_96

성장과 성숙의 과정은 다른 것을 하나로 합치는 것이
아니다. 있는 그대로의 것을 바라보면서 자신 안의 부
분을 보내주고, 비어진 공간을 인식하며, 또 새로운 것
을 받아들이는 것이다. 하지만 사람들은 자신 안의 다
양한 부분을 하나로 합쳐야 한다고 생각한다. 예를 들
어, 돈과 성공은 다른 개념이지만 그 둘을 하나로 합치
기 위해서 너무도 많은 생각을 일으킨다. 자신 안의 다
양한 부분을 독립적으로 인정하고 받아들이는 것이 중
요하다. 다른 부류의 것을 과하게 하나로 합치는 건 문
제를 만들어서 생각을 일으키는 것뿐이다. 우리가 해야
할 것은 항상 어떤 부분을 놔주고 어떤 부분을 받아들
여야 할지의 과정이다.

Chapter 4

사랑을 해서
사랑이 남을 수 있는
사랑을 하려고

예술은 기분의 나열이 아니야

나는 '나'를 찾는 방법으로 글쓰기를 선택했다. 그날 하루 느꼈던 감정을 토해내듯이 적어냈다. 글쓰기는 어떻게 보면 나의 감정 배출구였다. 글의 방향성은 그날의 분위기와 기분에 의해서 결정됐다. 그런데 어느 순간 '나'를 찾는 방법으로 글을 선택했는데 '한 점으로 모이는 글을 쓰지 못하면 나에게 가까워질 수 있을까?'라는 생각이 들었다. 그 순간부터 자신을 다잡고 '나'란 누구인가? '행복'이란 무엇인가? 왜 행복해야 하는가? 이 질문에 대한 답을 보여주는 글을 쓰기 위해 노력했다. 그리고 글쓰기를 방향성을 제시하는 예술로 받아들였다. 이런 자세로 글을 대하다 보니 '나' 자신에게 더 가까워지는 느낌이 들었고, 나름대로 저 질문들의 대답이 잡힐 듯 말 듯 보이기 시작했다.

내 글을 읽는 시간을 낭비되는 시간으로
느끼지 않았으면 좋겠어.
대신 울어주고 싶어서
나름대로 열심히 하고 있어.

@lee_ss_96

182

낭비되는 시간이 아니었으면 좋겠어

나는 위로와 감동을 주고 싶은 작가가 되고 싶었다. 글을 통해 누군가를 대신해서 울어줄 수 있는 것이 작가로서의 소망이었다. 그러기 위해서는 다양한 감정을 유연하게 느낄 줄 알아야 했다. 그래서 남들이 모두 꺼려하는 우울함을 노력까지 하면서 품었다. 다른 사람들의 삶을 직접적으로 경험하지는 못하더라도 사람들이 내 글을 읽으면서 혼자가 아니라고 느끼게 해주고 싶었다. 사람들에게 이런 나의 진심을 전하기 위해서는 반드시 내 글이 읽혀야 했다. 사람들이 내 글을 읽는 시간을 아까워하지 않게 만들어야 했다. 지금도 여전히 누군가의 감정을 보살펴주기 위해서 나름대로 열심히 하고 있다.

보이는 것들은 모두 거울이야

세상은 감정을 만들어주지 않는다. 단지 우리 안에 이미 존재하는 감정을 자극할 뿐이다. 우리 모두는 세상의 자극에 반응할 수 있을 만큼의 감정을 표현한다. 그래서 내적인 그릇의 크기를 키워야 더 많은 것을 느낄 수 있는 것이다. 모두가 행복해지기를 원한다. 그러기 위해서는 행복이 뭔지를 알아야 하고, 자신 안에 행복이 크게 자리 잡아야 한다. 행복이 가득 찬 상태로 세상을 볼 때 사소한 부분에서도 행복이 보이기 시작하고 행복을 느낄 수 있다. 하지만 많은 사람은 외적인 환경이 행복을 느낄 수 있게 해주기만을 바란다. 그건 어쩌면 공허함의 또 다른 말일 수 있다. 그렇기에 내적인 성장과 성숙의 과정을 통해서 사소한 부분마저 사랑할 수 있는 그릇을 품어야 한다. 그래야만 세상의 작은 자극에서도 행복을 느낄 수 있다.

나를 좀 더 바라봐주면
내가 가진 우울함도 빛이 난다?
내 우울함도 자세히 보면
그 중심에는 사랑으로
가득 차 있거든.
그 사랑을 전달할 방법으로
난 우울함을 선택했을 뿐이야.

@lee_ss_96

우울함 안에는 사랑이 있다. 사람들은 자신이 우울함에 빠졌을 때 벗어나고 싶어 하는 마음이 크다. 하지만 그 우울함이 왔을 때 '왜 이 우울함이 왔을까?'라고 한번 생각해보면 그 안에 있는 사랑을 발견할 수 있다. 여러 다양한 상황에서 우울함이 찾아올 수 있다. 그 가능성의 대부분은 '나'를 담았던 어떠한 부분이 사라진 경우가 크다. 여기서 조금만 더 생각해보면 그만큼 스스로를 사랑해서 '나'를 담았던 것이 사라졌을 때 우울함을 느낄 수 있는 것이다. 그래서 사람들의 우울을 들었을 때 '상대방이 그 우울의 원인에 담겼던 자신을 정말로 사랑했구나'라고 생각하며 토닥여 줄 필요가 있다. 그것이 사랑을 보는 법이고 행복에 가까워질 수 있는 길이다.

사랑을 해서 사랑을 남겼으면 해

우리는 사랑이라고 했지만 비교에 의한 회의감을 남기고 끝나버리는 경우가 많다. 왜 사람들은 사랑을 하면서 비교하는 행위를 반복할까? 사랑을 현재의 시점에서 바라보지 않고 과거의 시점으로 바라보기 때문이다. '나' 자신을 사랑할 때 최선을 다해서 자신이 담겨있는 부분을 사랑해주면 비교가 남지 않는다. 하지만 과거에 자신이 품었던 사랑의 크기와 현재의 사랑을 비교하기 때문에 허무함에 빠진다. 사랑을 하는 행위는 항상 현재 시점에서 이루어진다. 그러므로 과거의 사랑과 비교하는 건 현재 자신의 가치를 바라보지 못하고 있는 것이다. 항상 사랑을 하자마자 '내가 사랑을 하고 있구나'라는 것을 느껴야 한다. 사랑을 해서 사랑만을 남기는 것이 중요하다.

잃기 싫어서 이유를 지우는 사랑

이유 없이 자신을 사랑하는 것은 어려운 일이다. 자신을 어느 정도는 알아야지 사랑할 수 있다. 그래서 우리는 자신 안의 성숙과 성장의 과정이 채워지는 것이 보일 때 스스로 사랑할 수 있다. 어떠한 과정도 없이 있는 그대로의 자신을 사랑하는 건 어떻게 보면 가치를 만들수 있는 자신을 무시하는 태도일 수 있다. 하지만 이유를 발견하고 스스로 사랑하고 나서 '그 이유가 없어진다면 자신을 사랑할 수 없는 건가?'라는 생각이 들 수있다. 이 질문을 해결하기 위해서는 사랑을 느끼면 그이유를 바로 존재 그 자체로 받아들여야 한다. 사랑에대하여 이유가 기준으로 생긴다면 사랑을 잃을 수도 있다는 가능성을 포함해 버리기 때문이다. 그러므로 이유를 발견하고 사랑을 시작했다면 그 이유를 지워가며 사랑할 줄 알아야 한다.

에이, 이유 없는 사랑이 어딨어?
잃기 싫어서 이유를 지우면서
사랑하는 거지.

이유 없이 사랑할 수 있을까?
이유가 없으면 내가 주는 사랑은
무엇일까?

@lee.ss.96

행복의 유의어,
'돈, 꿈, 사랑, 명예'
줄여서 '돈, 사랑, 꿈'
다시 줄여서 '사랑, 꿈'
또 줄여서 '사랑.'
사랑하기 위해서 태어난 거야.

@lee_ss_96

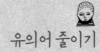

단어의 의미는 다양한 유의관계를 가진다. 행복이라는 단어도 사람들 각자 나름대로 유의어가 존재한다. 가장 행복과 가까운 유의어를 찾기 위해서 줄이고 줄이다 보면 결국 사랑이 남는다. 처음에는 행복의 유의어로 눈에 보이는 명사를 나열할 수 있다. 하지만 결국 행복이라는 건 성장과 성숙의 과정이라는 것을 알 수 있다. 우리는 행복을 느끼고 행복을 통해 세상을 바라보면서 사랑을 찾아나간다. 행복하기 위해서 사랑하고 사랑하기 위해서 행복하려고 하는 것이다. 현재의 존재를 온전하게 만들기 위해서는 사랑과 행복을 동일시하는 노력이 필요하다.

세상이 감정을 만드는 것이 아니라
우리 안에 존재하는 감정이 건드려질 뿐이다.

따뜻한 말들은 사랑으로 이어지니까

소중한 사람의 슬픔을 들을 때 우리는 위로를 받는다. 그리고 그 슬픔을 듣고 위로 받았다고 그대로 표현해 주면 또다시 상대방에게 위로로 전해진다. 사랑하는 방법은 어떻게 보면 정말 간단하다. 그 사람의 풍경을 이해하는 것이 사랑의 시작이다. 한 사람의 존재는 수많은 장면의 연속으로 이루어지며 하나의 풍경으로 그려진다. 사람들은 모두 각자만의 풍경을 가지고 있으며, 그 풍경은 세상을 바라보는 시점의 기준이 된다. 사랑은 상대방의 풍경을 끌어안아 주는 것이다. 그리고 함께 하는 앞으로의 시간 동안 서로가 하나의 풍경을 칠해가는 것이다.

사람은 참 신기한 것 같아.
소중한 사람의 슬픔을 듣고
오히려 위로를 받아.

나는 너한테
이런 말을 들어서 위로를 받아.
그러니까 다른 사람 찾지 말고
나한테 이런 말해줘.

@lee_ss_96

들키고 싶은 나약함

우리 모두는 자신만 알고 있는 어떠한 나약함을 가지고 있다. 그 나약함은 자신에게 가장 큰 단점이 될 수도 있고, 가장 솔직한 자신의 감정일 수도 있다. 사람들은 그 나약함을 자발적으로 드러내려고 하지 않는다. 단점과 솔직함을 보여주면 존재의 단단함이 무너진다고 생각하기 때문이다. 우리 모두는 어쩌면 자신만의 그 나약함을 들키고 싶어 하는지도 모른다. 이렇게 직접 말하지 못하는 감정을 건드려서 상대방이 스스로 자신에게 "그래도 괜찮아"라는 말을 할 수 있게 해주는 것, 아마 그것이 사랑이지 않을까.

그냥 나한테
말하지 그랬어.

미안해, 직접 말하면 무너질 것 같았어.
그래서 내 안의 나약함을 들키고 싶었어.
들키면 내 나약함도
용서받을 수 있다고 생각했어.

@lee.ss.96

'생각보다'라는 말은 되게 좋은 말이야

우리 모두는 가끔씩 자신에게 미안한 마음이 들 때가 있다. 구체적인 이유가 없어도 그런 감정을 느낀다. 그렇게 보면 '나'라는 건 자신이 생각하는 것보다 더 그릇이 크고 가치가 높은 사람인 것 같다는 생각이 든다. 우리는 그런 '나'를 현재의 자신이 닿을 수 있는 범위로 끌어오는 것을 목표로 해야 한다. 우리 모두는 자신이 생각하는 것보다 가치 있는 사람이다. '나'라는 존재가 추구하는 행복은 바로 그런 자신의 모습을 최대한 현실적으로 체감하는 것이다. 그러기 위해서는 자신도 몰랐던 장점들을 다독여주고 사랑해주며 따뜻함을 채우는 과정이 필요하다.

'생각보다'라는 말은 되게 좋은 말 같아.
생각보다 나는 좋은 사람이고
생각보다 나는 멋진 사람이고
생각보다 나는 괜찮은 사람이야.
뭔가 스스로에게 이런 말을 해줄 때
미처 나도 몰랐던 나의 장점들을
다독여주는 것 같아.

@lee_ss_96

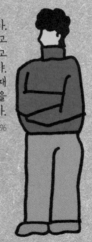

꼭 끝까지 안 가도 괜찮아.
빈틈만 보이던 그 계절도
다 의미있었고
자존감이 꿈 하나로 가득 찼던
그 새벽도 아름다웠어.
고마워.

@lee_ss_96

사랑을 전달하는 건 상대방 존재의 온전함을 스스로 알
수 있도록 말해주는 것이다. 사회 속에서 항상 자신이
부족하다고 느끼는 이유는 끝을 보는 것만을 가치 있게
여기는 세상에 우리가 속해있기 때문이다. 그러한 생각
은 결과를 얻지 못하면 존재의 가치가 없어진다는 것을
내포한다. 하지만 정말 결과를 얻지 못하면 우리는 가
치 없는 사람이 되는 것일까? 그 결과를 향해 가면서 한
단계 성장하고 성숙해지는 모습이 가장 나다운 존재의
가치이다. 사랑을 전해주고 싶을 때 끝을 향해 가는 과
정에서 상대방에게 존재의 온전함을 스스로 알 수 있도
록 말해주는 것이 중요하다. 우리 모두는 절대 무가치
한 존재가 아니다.

이유 없이 미안하다는 말을 뱉었어

나는 불편한 분위기 안에서 미안하다는 말을 자주 했다. 상대방 마음이 편하라고 이유 없이 미안하다는 말을 하곤 했다. '내가 원래 좀 이런 성격이어서 미안해.' 이 말을 뱉으면 어느 정도 나라는 사람이 배려 받는 분위기가 만들어질 수 있다고 생각했다. 어느 순간 '내가 그때 왜 미안하다고 했지?', '내가 뭘 잘못한 건가?'라는 생각이 들었다. 그냥 나는 '나'일 뿐인데 누구 편하라고 그런 말을 습관적으로 뱉었을까 싶었다. 나는 나 자신을 아직까지도 소극적으로 사랑해서 "미안해"라는 말 뒤에 숨어서 상처받지 않으려고 했던 것이다. 사랑하는 '내'가 상처받기 싫었던 것이었다. 제한적인 사랑의 방법으로만 자신을 대하는 내가 너무도 어리다는 생각이 들었다.

분위기에 섞이지
못하는 걸 느끼고
미안하다고 해버렸어.
근데 나는 그때
뭐가 미안했던 걸까?

깊게 생각하지 마. 뭐가 미안해.
미안하다고 말한 건
껍질이지 네가 아니야.
네가 뱉은 그 말에
진짜 너를 잠시 감춘 것뿐이야.

@lee_ss_96

바다를 품기 전까지는
파도의 쓸모를
항상 자각해야 해.

@lee.ss.96

파도의 쓸모

"마음이 넓은 사람이 모두를 이해할 수 있는 거야"라는 말을 누구나 한 번쯤은 들었을 것이다. 왜 자신과 다른 사람들을 이해하는 것을 중요하게 보는 걸까? 그리고 왜 마음이 넓은 사람을 큰 그릇의 사람이라고 부르는 것일까? 그 이유는 자신을 막아서는 어떠한 가능성 안에도 사랑이 존재하기 때문이다. 다만 자신의 내면과 외적인 상황이 충돌할 때 생기는 우발적인 감정 때문에 우리는 그 사랑을 바라보지 못할 뿐이다. 모든 존재는 내면 깊은 곳에 사랑을 가지고 있다. 그렇기에 우발적 감정을 가라앉히고 외적인 상황이 지닌 사랑도 자신의 사랑과 다르지 않다고 생각할 필요가 있다. 우리를 막는다고 느끼는 그 파도의 쓸모를 이해하고 모든 사랑의 바다를 품을 줄 알아야 한다.

아직도 소문이 두렵고
가식이 무섭고 진심이 의심돼.
그래도 그 모든 감정을 삼키고
가득 찬 나약함을 끌어안았기에
잔잔한 행복을 느낄 수 있어.

@lee.ss.96

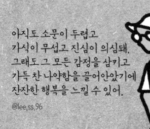

아직도 부족하지만
그래도 잔잔한 행복을 느꼈어

성장과 성숙의 과정을 겪고 행복과 사랑의 가치를 깨닫는다고 해도 너무 많은 것이 의심되는 게 사람이다. 행복과 사랑은 불안정함 속에서 단단함을 만들어내는 과정이다. 그래서 사람들은 상처 자체를 피하고자 행복과 사랑으로부터 멀어지기도 한다. 또는 상처를 대처하는 방법이 너무도 미숙해서 스스로 중심이 흔들리기도 한다. 그래도 사랑과 행복을 진실 되게 느끼기 시작했다면 그 나약함에 무책임하게 자신을 내던지지는 않는다. 오히려 가득 찬 나약함을 느끼고 있는 자신을 발견하게 되고 그 나약함을 끌어안게 된다. 그때 우리는 잔잔한 행복을 느낄 수 있다.

시야의 폭을 넘어선 가득 찬 풍경

상대방이 표현하는 감정에서 '왜 저 감정이 일어났을까?'라고 생각하기 시작했다. 내가 보는 시야로만 현상을 말하지 않고 전체의 풍경을 헤아리려고 노력했다. 내 입장에서는 이해되지 않지만 상대방의 맥락에서는 충분히 그런 감정이 일어날 수 있었다. 감정은 모두가 다를 수 있지만 마음이라는 건 결국 같은 사랑이었다. 나는 그 사랑을 바라보기 위해 마음을 중점으로 감정을 보기 시작했다. '나'와 '너'도 결국 하나로 모이는 온전한 존재이기에 사랑의 관점에서 좀 더 포괄적으로 가득 찬 풍경을 헤아리려고 노력했다.

좀 더 포괄적인 사람이 되고 싶어.
감정보다는 마음을 헤아릴 줄 아는
시야의 폭보다는 가득 찬 풍경을
볼 줄 아는 그런 사람.

@lee_ss_96

사랑이라는 게 있기는 한 거야?

너무 큰 확신들은 때로는 물음을 낳는다. 우리는 성숙과 성장의 과정 속에서 행복을 얻는다. 그 행복이 자신 안에서 커지면 세상을 바라볼 때 사랑이 보이기 시작한다. 하지만 '정말로 사랑이라는 게 존재하는 거야?'라는 질문을 할 수밖에 없다. 사랑은 손에 잡히는 것도 아니고 눈에 보이는 것도 아니기 때문이다. 사랑을 향해 가는 과정은 결국 우리의 사고와 감정의 결과이기 때문에 뜬구름을 잡는 건 아닌가라는 생각이 들 수 있다. 하지만 존재에 관한 질문은 결국 반증의 역할을 한다. 정말 사랑이라는 게 없었다면 우리는 사랑이 있다는 상상도 할 수 없다. 그리고 "없는 거 아니냐?"는 질문조차 할 수 없다. 사랑은 분명히 우리 안에 존재한다.

사랑이라는 거
없는 거 아냐?
어디에 있는 건데?

너의 그런 질문들이
사랑의 존재를 반증하고 있는 거야.
실존하니까 없을 것 같다는
생각이 들 수 있는 거지.

@lee_ss_96

213

안에서 찾는 사랑이 더 빛나

사랑이라는 건 꼭 외적으로 주고받아야지만 빛나는 것이 아니다. 빛난다는 건 결국 자신의 존재의 온전함을 사랑으로 느낀다는 것이다. 외적 상황과는 무관하게 존재의 가치를 실현하는 것이 바로 사랑의 시작이다. 혼자 사색에 빠져 감정의 고리에 대하여 되짚는 과정에서 성장과 성숙을 느낄 수 있다. 지금까지 자신을 만들어 주었던 다양한 가능성을 회상하는 것만으로도 존재의 온전함에 가까워질 수 있다. 그런 과정을 겪을 때 스스로의 감정을 사랑하고 외적인 비교 기준 없이 소중한 자기 자신을 만날 수 있다.

칭찬을 많이 해주는 사람에게
작은 부분이라도 칭찬해주세요.
그 사람은 자신이 부족하다고 생각해서
남들은 스스로 부족하다고
느끼게 하고 싶지 않아서 작은 부분이라도
칭찬하려고 노력하거든요.

@lee,ss,96

진정한 사랑을 느껴본 사람은 자기중심적으로만 사랑을 표현하지 않는다. 자신의 부족한 점을 발견했을 때 그 부분을 고치려고만 하는 것은 사랑이 아니다. 사랑은 그 부족한 점을 더 아껴주고 칭찬해주며 부족하지 않도록 느끼게 해서 있는 그대로 자신 안에 존재하게 하는 것이다. 그래서 진정한 사랑을 느껴본 사람은 타인에게 받는 사랑만큼의 크기로 사랑을 주려고 하는 수동적인 자세를 취하지 않는다. 상대방이 스스로 자신을 아껴주고 칭찬해줄 수 있도록 상대방의 부족한 부분을 소중히 대해준다. 상대방이 스스로를 사랑할 수 있도록 해주는 것, 그것이 진정한 사랑이다.

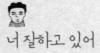

너 잘하고 있어

듣고 싶은 말을 정해놓고 물어보는 사람을 보면 마음이
뭉클하다. 얼마나 힘들었고 불안했고 무서웠으면 답이
정해져 있는 걸 물어봤을까? 사실 위로는 슬픔을 공유
해서 마음속의 앙금을 조금 덜어낼 뿐이다. 하지만 몇
몇 사람들은 너무도 차갑게 답을 해버린다. 그들은 '나
잘하고 있는 거 맞지?'라는 질문을 하기까지의 과정을
바라보지 않고 나약하다고 평가해버린다. 상대방이 그
고난마저 이겨내기를 바라는 마음에서 그렇게 차갑게
말한다고 하기에는 덜어내고자 하는 마음의 앙금이 가
엾게만 느껴진다. 스스로에 대한 불안함을 표현하는 질
문에 따듯하게 말해주는 것, 그것이 상대방에게 줄 수
있는 위로의 사랑이다.

나 잘하고 있는 거 맞지?
응, 실은 내가 듣고 싶은 대답을
정해놓고 물어보는 거야.

괜찮아.
너 이런 말 잘 안 하잖아.
난 네가 그 말을 꺼내기까지의
복잡했던 감정들부터 보이던데?
그러니까 잘하고 있어.

@lee_ss_96

너무 큰 확신들은 때로 커다란 물음을 낳는다.

진심이면 미루지 않으려고

진심이면 미루지 않는 거다. 그건 마음의 확신과는 다
르다. 어떤 중대한 결정을 내릴 때는 신중함이 필요하
다. 하지만 따듯한 감정의 진심은 미루는 게 아니다. 진
심이라는 건 자고 일어나서 다시 생각한다고 해서 똑같
이 느낄 수 있는 것이 아니다. 자신에게도 마찬가지다.
충분히 열심히 살고 있는 자신에게 해줄 수 있는 진심
을 바로 전해줘야 한다. "이렇게 열심히 살아줘서 고마
워", "휴식을 조금 뒤늦게 줄 거 같아서 미안해", "네가
빛날 정도로 사랑스러워" 등의 말을 스스로에게 해주며
미루지 말아야 한다. 사랑을 전해주는 표현은 미루지
않을수록 더 아름답게 빛난다.

고마워, 나한테 이런 말해줘서.

그 말하려고 뛰어온 거야?

내일도 건네줄 수 있는 진심이면
미루지 않으려고. 이 말도 진심이야.

@lee_ss_96

빛과 어둠을 다르게 보지 않고
그 안의 아름다움을 보기 시작하니까
이제는 노력하지 않아도 좋은 것만 보여.

형, 저는 형이 정말로
좋은 것만 봤으면 좋겠어요.

@lee_ss_96

빛과 어둠은 다르지 않아

'좋은 것만 봤으면 좋겠어요.'

이 위로보다 아름다운 말이 있을까? '좋은 것'의 기준은 없겠지만 우리 모두는 따뜻하고 편안한 느낌의 감정이 '좋은 것'을 의미한다는 걸 안다. 그 위로를 해주는 사람은 상대방이 어둡고 쓸쓸한 감정에서 벗어나 밝고 화사한 감정을 느끼기를 바라는 것이다. 그렇기에 그런 말을 듣게 되면 너무도 울컥한다. 하지만 결국 그 빛과 어둠을 나누는 건 나 자신이다. 빛과 어둠을 다르지 않게 보면 충분히 하나로 볼 수 있다. 둘 다 결국에는 사랑을 포함하고 있기 때문이다. 자신을 사랑하기에 어둠 속에서 나를 좀 더 바라보는 것이다. 그리고 자신을 사랑하기 때문에 빛 속에서 타인들과 사랑을 나누기 위해 노력하는 것이다. 그러기에 그 둘을 단지 감각적으로만 나누지 않으면 노력하지 않아도 빛과 어둠 안에 담긴 아름다운 사랑을 볼 수 있다.

항상 고마워

"다 끝나면 뭐 하려고?"

친구가 고민 끝에 건넨 한마디였다. 하나의 목표에 너무도 빠져있었던 나였다. 친구는 나의 그런 모습을 안타까워하면서 불안해했다는 걸 그 질문을 통해서 느꼈다. 목표라는 것은 자신의 중심을 잡아주기도 하지만 중심을 포함해버리기도 한다. 그러기에 그 목표를 이루거나 실패할 경우 자신의 중심을 잃을 수도 있다. 친구들은 그것을 걱정했던 거였다. 그때 다른 한 친구가 "다 끝나면 여행이나 가자"고 말했다. 그 순간 마음이 다 녹아내렸다. 우리 모두가 그렇게까지 열심히 사는 이유는 아마 소중한 사람들과 마음이 가득 차는 시간을 보내고 서로 사랑하기 위해서이지 않을까?

상대방 과거의 치부를 가정하고
연민을 느끼면서
그게 사랑이라고 할 수는 없어.

나를 미워하는 사람마저
사랑할 준비가 이제 됐네.

@lee_ss_96

나를 미워하는 사람마저 사랑할 수 있어

세상을 살면 반드시 자신을 미워하는 사람을 만나게 된다. 미움의 이유가 있을 수도 있고 없을 수도 있는 게 인간관계다. 우리는 가끔 상대방의 어떠한 치부에서 나오는 미움의 감정이 나를 향했다고 생각하면서 상대방에 대해 연민을 느낀다. 그리고 그런 연민을 바탕으로 모두를 사랑할 수 있다고 생각한다. 하지만 그건 자신의 마음을 편하게 하기 위한 변명일 뿐이다. 그러한 사랑은 상대방을 자신보다 수준 낮은 존재라고 생각하면서 불쌍하다고 보는 것에 불과하다. 진정한 사랑은 미움을 받을 때 자신을 한번 돌아보는 것이다. 어떤 말에 상처를 받는다는 건 자신 안에 받아들이지 못하는 미움의 '나'가 있기 때문이다. 불쌍하다고 느끼는 것은 결국 자신 안의 그 미움을 불쌍하게 생각하는 것이다. 정말로 자신이 불쌍한 존재인가? 아마 모두가 아니라고 답할 것이다. 그러므로 자신 안에 존재하는 그 미움의 부분을 조금 더 사랑해주기 위해 노력하는 과정이 필요하다. 그것이 진정한 사랑이다.

'나'라는 단어보다
'너'라는 단어가 먼저 생겼을 거야.
바라보는 순서대로 단어는 생기는 거니까.

'너'라고 부르면서
절대 미움부터 하지는 않을 거야.
사랑 비슷한 것부터 했을 거야.
그러니까 '나'라는 건
사랑에서 나온 거야.

무슨 말을 하고 싶은 거야?

@lee_ss_96

'나'는 사랑에서 나온 거야

'나'라는 단어와 '너'라는 단어 중 어느 것이 먼저 만들어졌을까? 아마 '너'라는 단어가 먼저 생겨났을 것이다. 태어나자마자 자신 스스로를 자각할 수는 없다. 항상 남을 먼저 보게 된다. 눈에 먼저 보이는 상대방을 지칭할 필요로 '너'라는 단어가 먼저 생겨났을 것이다. 눈에 보이는 상대방에게 안기며 분명히 사랑 비슷한 것을 했을 것이다. 그리고 그런 비슷한 감정을 주고 있는 자신을 자각하게 되고 '나'라는 단어를 만들었을 것이다. 그러므로 우리는 상대방을 '사랑'하는 마음에서 생겨난 것이다. 하지만 '나'와 '너'가 만들어지고 너무도 많은 환경이 그 둘을 구분하고 투쟁하게 만들었다. 태초의 사랑을 되찾기 위해서 우리는 성장과 성숙의 과정을 통해서 행복해져야 한다. 외부환경에 흔들리지 않고 내적으로 가득 찬 자신을 찾았을 때, 비로소 우리가 남을 사랑했던 마음을 온전히 되찾을 수 있기 때문이다. 우리가 행복해져야 하는 이유는 자신을 사랑하는 마음을 바탕으로 타인을 사랑하기 위해서이다.

어느덧 글을 쓰기 시작한 지도 2년 반이 넘어갑니다. 처음부터 작가가 되고 싶었던 것은 아닙니다. 또래 친구들보다 진지한 성격이었던 저는 '나는 누구지?'라는 질문을 항상 달고 다니는 대학생이었습니다. 그 질문에 답을 할 수 있는 일을 찾았고 그중의 하나로 글쓰기를 시작했습니다. 그렇게 2년 반 동안 글을 써오면서 저는 스스로 저의 존재가 살아있음을 느끼며 너무도 행복했습니다. 저는 독자 여러분들도 꼭 자신이 살아있음을 느낄 수 있는 그런 일을 찾으셨으면 하는 바람입니다. 스스로의 숨결을 체감할 수 있는 그런 설레는 인생을 찾기를 바랍니다. 마지막으로 저를 응원해주셨던 많은 분들에게 감사의 인사를 드립니다.